Les Éditions du Boréal
4447, rue Saint-Denis
Montréal (Québec) H2J 2L2
www.editionsboreal.qc.ca

BORDERLINE

Marie-Sissi Labrèche

BORDERLINE

roman

Boréal

© Les Éditions du Boréal 2003 pour la présente édition
© Les Éditions du Boréal 2000 pour l'édition originale
Dépôt légal : 1er trimestre 2003
Bibliothèques et Archives nationales du Québec

Diffusion au Canada : Dimedia
Diffusion et distribution en Europe : Volumen

*Catalogage avant publication de Bibliothèque et Archives nationales du Québec
et Bibliothèque et Archives Canada*

Labrèche, Marie-Sissi, 1969-

    Borderline

    2e éd.

    (Boréal compact ; 143)

    ISBN 978-2-7646-0221-8

    I. Titre.

PS8573.A246B67   2003   C843'.6   C2003-940216-9

PS9573.A246B67   2003

PQ3919.2.L32B67   2003

À André Carpentier
et à Marie-Anne Naud, ma grand-mère

Prologue

D'aussi loin que je me rappelle, ma grand-mère m'a toujours raconté des niaiseries. Toutes sortes de niaiseries. Par exemple, quand j'étais tannante, elle avait coutume de me dire : *Si t'es pas gentille, un fifi va entrer par la fenêtre et te violer* ou *Je vais te vendre à un vilain qui fera la traite des Blanches avec toi* ou encore *Un assassin va venir te découper en petits morceaux avec un scalpel, c'est ça que tu veux ? Hein ?* À quatre ans, je n'avais pas droit au croque-mitaine ou au Bonhomme Sept-Heures, mais au serial killer.

Oui, vraiment… toutes sortes de niaiseries qui m'ont complètement fucké l'esprit et qui ont fait en sorte que je me sente nulle à chier. C'est pour ça que maintenant j'ai peur de tout : les autres ; les endroits publics ; les endroits clos ; les vaches, parce qu'elles sont tellement grosses (les baleines, je n'en parle pas) ; les sorties après neuf heures quand je suis toute seule ; les araignées et leurs grandes pattes ; les mille-pattes et leurs mille pattes ; les talons hauts sur les surfaces inclinées ; les psys incompétents ; les psys trop compétents ; les transports communs ou privés ; les déménagements ; les itinérants qui se promènent avec des gales qui saignent ; les skins avec leurs squeegees qui nous sautent dessus pour nous laver, même quand on n'a pas de pare-brise ; les étrangers qui ouvrent des dépanneurs et qui ne comprennent pas quand on veut juste des allumettes ; les bruits fracassants ; les craquements de planchers la nuit ; les formulaires à remplir ; les comptes à payer ; le gouvernement avec ses tentacules de pieuvre ; les drogues trop fortes qui font halluciner que *La Planète des singes* passe sur toutes les chaînes de télé ; la viande hachée à moitié cuite qui saigne encore ; les patates pilées Shirrif ; les fantômes sans drap blanc ; les mauvais numéros de téléphone ; les violeurs laids comme des poux ; les tueurs laids comme des poux ; les terroristes laids comme des poux qui se camouflent en matantes ; les anévrismes qui vous éclatent dans le cerveau sans crier gare ; les streptocoques, genre de Pacman affamés, et le sida, putain de maladie. Mais par-dessus tout, ce dont j'ai le plus peur, c'est de ne pas être aimée. Alors, j'ouvre mes jambes afin de voir le ciel ou mon petit bout de paradis. J'ouvre les jambes pour oublier qui je suis, j'ouvre les jambes de manière à briller comme une petite étoile. Je m'aime si peu, alors que m'importe d'ouvrir les jambes pour tous ceux qui semblent m'aimer un peu.

CHAPITRE 1

Cendrillon

Open up my legs / I will see the sky / Floating in this space / Floating in this room / This hospital is cold / I deceive every one / But my salvation is close.

SYLPH, Charlatan

Rue Sherbrooke.

Je suis couchée sur un lit dans une chambre de l'hôtel Château de l'Argoat. Je suis couchée sur le dos, bien droite. Mes deux mains se tiennent en dessous de mes seins comme les morts dans leur cercueil. D'ailleurs, j'aurais l'air d'une morte dans son cercueil, si ce n'était mes jambes. J'ai les jambes grandes ouvertes, j'ai les jambes presque de chaque côté de mes oreilles tellement elles sont ouvertes. Je viens de me faire baiser.

Bien sûr, je pourrais les ramener l'une contre l'autre, mes deux jambes grandes ouvertes, de manière à cacher ma brèche, mais je ne le fais pas. Je ne sais pas pourquoi. En fait, je ne sais rien. Je ne sais même pas le numéro de la chambre dans laquelle je me trouve. J'avais la tête baissée quand on est entrés. J'avais tellement honte que je n'osais pas regarder plus haut que le plancher. Il me semblait que le mec de l'accueil savait trop ce qu'on allait faire toute la nuit, qu'on n'allait pas jouer au Monopoly, mais faire des tonnes de cochonneries, et moi ça m'écœurait. Ça m'écœurait surtout parce que j'étais accompagnée d'Éric; Éric qui est super moche, super gros, super difforme et super petit. Derrière son comptoir, le mec de l'accueil devait sûrement s'imaginer toute l'horreur de cette nuit entre moi et Éric: sa grosse langue envahissant ma petite bouche, ses grosses pattes gluantes tripotant le bout de mes seins fragiles, son gros ventre posé sur mon petit cul quand il me pénétrerait.

Non! Ça n'a pas d'allure! Pas cette belle blonde avec ce... cette... cette chose?!! Ça doit être une escorte! Elle doit faire ça pour l'argent! qu'il devait se dire, le mec de l'accueil.

Moi, j'avais envie de lui crier:

Oui! Je suis une pute! Mais je ne suis pas une pute comme tu penses. Je ne suis pas une pute comme dans les émissions de télé ou sur le coin de la rue Champlain! Je ne fais pas ça pour l'argent, câlice! Je fais ça pour me calmer les nerfs, câlice! Mais tu ne peux pas comprendre parce que tu n'es pas mieux que le gros qui va me baiser dans deux minutes. Tu n'es pas mieux. Si tu en avais l'occasion, toi aussi, tu me baiserais comme un fou, même s'il n'y a pas de différence entre toi et un plat de pâté chinois! Tu essaierais de me pénétrer partout, jusque dans les oreilles, si tu le pouvais, espèce d'enculeur d'étoiles!

C'est ça que j'avais envie de lui crier, au mec de l'accueil, ça et bien d'autres niaiseries, mais je me la suis fermée, comme d'habitude, comme toujours, et je n'ai rien dit. De toute façon, c'est mieux que je me la ferme, car quand je parle, ce n'est que pour dire des vilaines choses, des vilaines choses qui embêtent tout le monde autour de moi, des vilaines choses qui inquiétaient tant ma mère… D'ailleurs, combien de fois ma grand-mère m'a cassé les oreilles avec ça? *T'es bonne pour dire des niaiseries, toi. T'es bonne en crisse pour dire des niaiseries qui inquiètent ta mère.* Oui, je suis bonne en crisse!

Je suis couchée sur le lit dans cette triste chambre d'hôtel et je pleure. Je pleure comme une débile, je pleure à m'en expulser les yeux de la tête. Mes larmes sortent comme des balles de mitraillette, on dirait que je veux transpercer l'humanité de ma douleur. Je mouille tout et je tache tout aussi. Mon mascara bon marché, qui se répand sur ma peau, dessine des drôles de formes dans ma figure, des drôles de formes qui représentent sur mes joues la tempête qu'il y a dans ma tête. Parce qu'il y a une tempête dans ma tête. Oui, oui! Une grosse tempête avec du vent, de la pluie et même des ouragans. Dès que je ferme les yeux, c'est El Niño derrière mes paupières, c'est El Niño avec ses millions de dollars de dégâts, ses milliers de morts et ses nombreux territoires dévastés. Je m'en veux. Je m'en veux à mort. Je ne sais pas pourquoi j'ai accepté de venir ici et de baiser avec un gars que je n'aime même pas, je ne sais pas… Enfin, si, un peu. Ses yeux brillent si fort quand il me regarde… Et ça fait tellement d'années qu'il court après moi, je me suis dit : *Hé ! Qu'est-ce que tu as à perdre en baisant avec lui ? Après tout… tu t'es déjà envoyé des mecs plus vilains que ça !* Oui, des mecs beaucoup plus vilains que ça… Et lui, quand il me regarde avec ses yeux qui roulent comme des billes, il me donne l'impression que je lui suis nécessaire. De toute façon, dès qu'un homme me regarde avec des yeux de merlan frit, je pense que je lui suis nécessaire et j'ouvre les jambes. C'est devenu un réflexe comme le test de Rorschach pour ma mère. Ma mère, c'était une folle. Une vraie folle avec des yeux qui fixent, un comportement désaxé et des milliers de pilules à prendre tous les jours. Une vraie folle avec un vrai certificat médical en bonne et due forme, qui devait passer le test de Rorschach très souvent, si souvent qu'à la vue d'une tache elle ne pouvait s'empêcher de dire à quoi ça lui faisait penser : *Une tulipe ! Un éléphant ! Un nuage ! Un utérus éventré ! Des Chinois qui mangent du riz !*

Alors, comme Éric m'a regardée avec des yeux de merlan frit, j'ai décidé que, pour un soir, j'allais être sa Cendrillon. Ma plus belle robe sur le dos, j'ai joué les fées. Pour une nuit, il allait avoir la vie magique. J'étais investie d'un pouvoir disneyen qui transformerait une grenouille en prince charmant. Ma plus belle robe sur le dos, assise au centre de la chambre sur une vieille chaise en bois, j'ai enlevé mon slip et écarté les jambes, comme Sharon Stone dans *Basic Instinct*. Ça faisait tellement longtemps que j'avais envie de l'essayer ! Eh bien ! ça n'a pas raté. Éric a fait comme le petit gros dans le film. Les stéréotypes, ça doit être génétique ! Ses yeux se sont tellement agrandis qu'on aurait dit qu'ils étaient traités par Softimage. J'avais l'impression d'être en plein milieu d'une pub de Molson Dry, quand les gens pensent avoir découvert la capsule musicale. Hé, bon Dieu ! Des yeux comme ça, j'en veux encore. Toujours. C'est mon élixir, c'est ça qui me fait carburer.

Un petit coup d'épaule calculé et la fine bretelle de soie est tombée, ce qui a découvert mon sein. Éric n'a pas pu s'en empêcher, il a bondi vers moi comme un acrobate du Cirque du Soleil, mais sans trapèze et sans cerceau.

— Bouge pas, Éric. Reste où tu es.

Non, il ne fallait surtout pas qu'il bouge, pas tout de suite, il fallait qu'il reste là à me regarder le plus longtemps possible. Qu'il laisse ses yeux briller sur moi ; ses yeux qui me rendaient plus belle et qui me faisaient oublier qu'il était gros et moche, et moi, toute croche. Encore écartée, dans ma tête comme dans le lit.

— Oh ! Sissi ! Sissi ! Qu'est-ce que t'es belle ! Oh ! Oh ! Oh ! Et ta peau est si blanche… Oh ! Oh ! Oh !
— Arrête tes « Oh ! Oh ! Oh ! » On dirait le père Noël. Cesse de faire des « Oh ! Oh ! Oh ! », Éric, et écoute-moi. Tu vas faire ce que je vais te dire. Tout, tout, tout. O.K. ?
— O.K.

— Je voudrais que tu te couches pis que tu fasses juste me regarder.

Je me suis levée et j'ai mis une cassette dans le magnéto que je traîne toujours avec moi. Sans musique, je ne suis pas potable. Je passe ma vie avec une trame sonore en filigrane. Une musique différente pour chaque endroit, chaque personne. J'ai mis une musique de circonstance pour une dure besogne à accomplir : de l'industriel. Striptease sur la musique de Ministry. Faut le faire ! Faut dire que je commençais à être allumée en crisse ! Ses yeux et l'alcool. On avait pas mal picolé. De la merdouille de dépanneur, mais quand même, ça soûle. Ça fait voir la vie en fujicouleur, ça rend un barreau de chaise intéressant. J'avais bu au moins trois verres de rouge, coup sur coup. *Vite, vite,* que je me disais, maintenant assise sur lui, *tu dois t'engourdir, ma vieille.* À un, deux, trois, ça y était. L'alcool agissait sur moi comme l'éther chez le dentiste. Sauf que là, ce n'était pas une dent que j'allais me faire arracher, mais presque.

Pourquoi est-ce que je fais ça ? que je me demandais en me déhanchant sur lui. *Pourquoi est-ce que je me suis encore mis les pieds dans les plats ? Comme toutes les fois, comme avec tous les autres ? Crisse que je suis épaisse ! Crisse que je suis nounoune ! Crisse ! Crisse ! Crisse !*

Mon verre de vin à la main, vite, cul sec. Ma robe était en tas au-dessus de mes cuisses. Mes bras qui faisaient des dégringolades dans les airs se sont arrêtés sur son chandail, que j'ai relevé pour frotter mes seins contre son ventre énorme, bourré de vergetures. Ouach! Encore un autre verre de vin. Vite, vite. Ça y était. Je m'étais assommée pour de bon. Je commençais à le trouver beau et à me sentir bien.

C'est là qu'Éric a commencé son manège et moi à avoir envie de le tuer. De toute façon, dès qu'un homme prend le contrôle, j'ai envie de le tuer, de lui planter un gros couteau à pain dans le ventre et de faire des zigzags. Un moment, je me suis demandé si ça saignait plus fort un gros, si c'était plus dur à zigouiller à cause des couches de graisse ou bien si ça se dégonflait et partait en tous sens comme une balloune dans les airs. Pssssssssooooouuuuuuuuuuuuuuuuuuuu! Ça m'a fait rire de m'imaginer Éric qui se dégonflait en volant de gauche à droite dans la chambre, mais j'ai vite cessé. Il était en train d'enlever ce qui me restait de robe. J'ai fermé les yeux et je me suis laissé caresser.

Il était doux avec moi. Très doux. Ses mains étaient comme de la ouate sur ma peau. Il me touchait à peine, préférant me frôler. Il avait peur de rater son coup, ça se sentait, alors il se faisait aussi mielleux qu'il le pouvait. J'aime quand ils font attention. Ça me donne l'impression qu'ils me respectent, qu'ils ont peur de me brusquer et que je me sauve en courant dans un autre pays, dans une autre galaxie. J'aime penser qu'on tient à moi. Ma mère, j'ai toujours pensé qu'elle ne tenait pas à moi. J'ai toujours pensé que, parce qu'elle se réfugiait trop souvent quelque part dans sa tête où je n'avais pas accès, elle ne tenait pas à moi. Ma mère pouvait passer des semaines comme ça, dans sa tête, à me regarder avec ses yeux bleus braqués sur moi, sans expression, ses yeux remplis de dépression qui me rendaient malade. Des semaines ainsi, assise sur sa chaise berçante sans se bercer, à me regarder. Sans parler. Aucun mot. Le silence. Que le bruit du réfrigérateur, que le bruit du chauffe-eau du monsieur d'en haut, que le bruit des coquerelles qui courent sur mes feuilles à dessins éparpillées un peu partout dans la cuisine. Mais aucune parole réconfortante, rassurante sortant de sa bouche. Non. Et moi, assise par terre, à ses pieds, je lui racontais des histoires à l'aide de mes poupées ou de mes petits bonshommes Fisher Price; des histoires qu'elle ne comprenait même pas à cause de ses maudites hormones défectueuses, ses maudites hormones passées date.

Doucement, Éric a déposé ses lèvres sur le bout de mon sein et s'est mis à me le lécher. Je ne sentais rien et ça me fatiguait. Je croyais que, parce que je n'émettais aucun son, il allait comprendre et s'activer un peu plus. Mais non! Il persistait dans sa douceur. Et encore une léchée trop douce, et encore une autre. Toujours trop douce. Je n'aime pas quand j'ai besoin d'ouvrir la bouche pour leur dire quoi faire. La communication de couple, je ne connais pas beaucoup. Le seul modèle auquel j'ai eu droit, c'est celui de ma mère et de mon beau-père et il se résume à deux phrases: *Va chier, maudit gros chien sale! Mange de la marde, ostie de folle!* Qu'est-ce que je raconte? Ce n'est même pas vrai. Je viens juste d'imaginer ça. Je dis tout le temps des niaiseries, calvaire! Ce n'est pas mon beau-père qui aurait parlé comme ça à ma mère. Oh non! Mon beau-père parlait au mur, parce qu'il se sentait plus compris. Et ce n'est pas ma mère qui aurait répondu comme ça à mon beau-père, non plus. Ma mère, c'était la gentillesse du monde, voyons! La gentillesse du monde concentrée dans une bombe bactériologique sur le point d'exploser en pleine face du premier venu ou plutôt de la première venue, comme moi. Je suis passée par là et paf! la bombe m'a explosé en pleine gueule. Tiens, toi! T'avais juste à ne pas te trouver là quand il ne le fallait pas, petite curieuse. T'avais juste à ne pas te foutre le bout du nez dans ce qui ne te regarde pas, petite bonne à rien. Maintenant, je suis infectée et je suis pognée à traîner ma mère dans mes cellules pour des siècles et des siècles.

Éric continuait toujours de me lécher le sein trop doucement, et là, ça y était, j'étais énervée pour de bon, agacée pour de bon.

— Éric, suce plus fort, je t'en prie.

Enfin. Il l'a fait, sauf que mon plaisir était à moitié gâché parce que j'avais ouvert la bouche et que le son de ma voix de Barbie m'avait fait prendre conscience, une autre fois, que j'étais là, dans une triste chambre d'hôtel. Là, avec un petit gros super moche qui s'apprêtait à me besogner. *Vite du vin, vite!* Comme je m'apprêtais à boire, Éric a pris mon verre et a versé son contenu sur mon corps. J'ai pensé au gaspillage. Au Bangladesh, ça meurt de faim par milliers. Puis, il s'est mis à laper le liquide. Bon, ce n'est pas tellement original. Ça s'est vu dans des tonnes de films, sauf que c'est quand même excitant, surtout lorsqu'un petit doigt tout potelé roule dans mon ventre en même temps. J'ai refermé les yeux. C'était franchement bon. Presque aussi bon que la fois où un prof me l'avait fait, dans une salle de cours vide, au cégep du Vieux-Montréal.

Ma tête virait : de gauche à droite, de droite à gauche, de gauche à droite, de droite à gauche. J'étais enfin complètement grisée et bien dans ma peau, mais ça n'a pas duré. Éric a commencé à me pénétrer. Un truc énorme essayait d'entrer dans mon ventre. Mon vagin s'est mis à faire des contractions stupides. Il fait tout le temps ça quand on me prend par surprise. Éric avait de la difficulté à entrer en moi à cause de son énorme ventre et des contractions, alors il m'a retournée vivement. Je crois qu'à ce moment-là il contrôlait mal son envie. Je me suis retrouvée à quatre pattes. Et vlan ! Une forte poussée. Il est entré d'un seul coup, au complet, en moi. Un cri. *AAAAAHHHHHH!* J'ai cru que tout s'était déchiré. Ça brûlait drôlement fort. Malgré mon cri, il a commencé à se faire aller : en avant, en arrière, en avant, en arrière, en avant, en arrière, et avec vigueur. Il était sourd de désir. Un avion aurait atterri dans la chambre qu'il ne l'aurait pas entendu. Ça devait faire plusieurs années qu'il n'avait pas fait l'amour, alors il y allait avec fougue et conviction. J'avais l'impression de me faire baiser par un lit d'eau tellement il faisait des vagues. Et le son aussi : bloup ! bloup ! bloup ! Même si ça me brûlait, j'aimais ça, surtout parce que sa bitte était énorme, comme un paquebot. J'avais l'impression d'être remplie, d'être habitée comme un deux et demie, de ne plus être seule dans ma cave. Durant quelques minutes, le vide de mes vingt-trois années d'existence s'est évanoui, s'est effacé. Plus de vide rempli de cochonneries. Plus de maman folle, plus de peurs, plus de grand-mère qui chiale, plus de tracas. Qu'une bitte et moi. Mais comme toute bonne chose a une fin, Éric s'est mis à émettre des drôles de bruits. Le lit d'eau s'est transformé en homme des cavernes. *HUM! HUM! HUM!* Puis il s'est retiré et a giclé sur moi. Partout dans mon dos. J'en ai même reçu dans les cheveux, et ça je déteste. Ça me donne une tête de passoire avec des spaghettis qui tombent.

— Excuse-moi, je ne pouvais plus me retenir. Pardonne-moi, c'est que… tu sais… ça faisait pas mal de temps que… j'avais pas fait ça, m'a-t-il dit, tout honteux.

— Oh! c'est pas grave. T'inquiète pas.

Un baiser sur le front et vite, dodo.

— Sissi, tu ne m'as pas embrassé une seule fois.

Bon, l'autre qui remettait ça.

— Mais oui, je viens juste de te donner un gros baiser sur le front.

— Non, je veux dire un vrai baiser sur la bouche… avec la langue.

— J'ai mauvaise haleine, tu sais… tout l'alcool que je viens de m'envoyer…

— Je veux que tu m'embrasses, tu m'aimes pas? C'est ça? Allez… Embrasse-moi.

Bon, le voilà qui commençait à faire son morse en rut

qui roucoule comme un pigeon au printemps. Les gros, les trop maigres, les pas beaux, les défavorisés de la gueule, on leur donne un doigt et ils partent avec le bras. Ils manquent tellement d'affection que lorsqu'ils ont quelqu'un, ils le vident en moins de deux. Mais là, le citron n'avait plus de jus, que de l'acide citrique. Et si celui-là n'arrêtait pas de jouer avec ma bonne volonté, j'allais lui déverser tout mon fiel en pleine figure. Ça n'allait pas être beau parce que ça fait longtemps que je me retiens.

Je lui ai lancé mon pire regard et ça devait être quelque chose. Mais ça n'a pas eu l'air de l'embêter outre mesure puisqu'il a recommencé. *Embrasse-moi… Embrasse-moi sur la bouche,* me disait-il en me tendant la petite fente qui est censée être sa bouche. Il me dégoûtait. En plus d'avoir des seins aussi gros que les miens, il n'a pas de bouche. Elle est mangée par son énorme visage tout en joues. Je le haïssais. J'avais envie encore plus fort de le tuer.

Je ne sais pas comment j'ai fait, mais j'ai fermé les yeux et je l'ai embrassé. Tout le long, j'ai pensé au couteau qu'il y a dans mon sac. Est-ce que je le poignarde ? Est-ce que je me poignarde ? Ou est-ce que je poignarde tout ce qu'il y a dans la chambre ?

J'ai senti une main entre mes cuisses. Oh non ! pas encore une fois. Il fallait que je trouve quelque chose pour qu'il s'en aille d'ici et qu'il me donne le temps de respirer. Il fallait que je me retrouve seule avant de me mettre à tout briser.

— Éric, plus tard, s'il te plaît. Je crève de faim. Si tu allais nous chercher quelque chose à manger? Qu'est-ce que tu en dis?

Il n'allait certainement pas refuser, il bouffe tout le temps. Ce n'est pas pour rien qu'il est gros. Il mange plus que ses émotions, il mange toutes les émotions de la terre depuis le début des temps. Il mange des tartes d'émotions, des canapés d'émotions, des gâteaux d'émotions, des pâtés d'émotions, des dindes farcies d'émotions…

— Allez, dis oui. Il me semble que je mangerais une lasagne. Ça serait bon, une lasagne?

— Oui, t'as bien raison. J'y vais, mais tu ne bouges pas, n'est-ce pas? Tu me le promets?

— Non, je ne bougerai pas.

Il s'est levé et s'est habillé devant moi. Tranquillement, avec désinvolture. Il était un peu trop à l'aise à mon goût. Un moment, il s'est même mis à imiter une effeuilleuse, mais à l'envers : une effeuilleuse qui se refeuille. En se faisant aller le cul dans ma figure, il me lançait des petits regards en coin de midinette, des petits sourires coquins. Et moi, tout le long, je le regardais en souriant comme si je trouvais ça charmant, comme si je lui disais : *Oh! Éric… Qu'est-ce que t'es formidable! Qu'est-ce que t'es ceci! Qu'est-ce que t'es cela! Qu'est-ce que t'es l'homme de ma vie! Que serais-je sans toi?* J'arborais mon visage le plus candide qui peut faire croire à n'importe qui que je suis sincère; une espèce de visage limpide, transparent avec des yeux très grands et très brillants, un sourire béat, le tout encadré de cheveux ramenés derrière les oreilles. Comme Simplet dans *Blanche Neige et les sept nains*.

Pauvre Éric, si seulement il s'était douté à ce moment-là jusqu'à quel point je le haïssais. Je le haïssais jusqu'au point de non-retour, jusqu'au point d'en oublier qu'il était un être humain. Avec son gros ventre mou et son gros sourire stupide, je le haïssais comme une folle! J'aurais voulu l'attacher pour lui couper la bitte et les couilles et les lui foutre dans le cul, lui arracher les yeux et les lui faire manger sans sel ni poivre, lui lacérer son gros ventre pour en creuser un peu plus les vergetures, lui rentrer des frites dans le nez et lui bloquer la bouche avec un vieux bas sale pour le regarder s'étouffer, devenir bleu, voir ses yeux se révulser, son corps mou devenir encore plus mou et se répandre sur la chaise comme du Cheez Whiz sur des toasts. S'il s'était douté que je le haïssais à ce point-là, il se serait sauvé en courant, il se serait sauvé à toute vitesse super loin.

— Je reviens. Ça ne me prendra pas de temps. Tu vas m'attendre?

— Ben oui, Éric. Ben oui.

* * *

Là, ça doit faire un bon dix minutes qu'il est parti. J'ai eu le temps de penser à toutes sortes d'affaires hyper néga-tives et de pleurer toutes les larmes de mon corps. Maintenant, je suis prête. Je vais m'en aller. Je vais m'éclipser de la vie d'Éric. De sa vie et de celle de tous nos amis communs. De toute manière, j'ai couché avec toute la bande en faisant promettre à chacun d'en garder le secret. Mais je sais très bien qu'Éric ne pourra pas se taire. Lui, à qui il n'arrive jamais rien et qui m'aime tellement, il sera trop heureux de partager son bonheur avec le monde entier. Je l'imagine déjà : *Hé, les gars, vous savez pas ce qui m'est arrivé? Non! J'ai fait l'amour avec la femme de ma vie! Qui? Qui? Qui? Sissi. Non! Oui!!! Non! Oui!!! Euh... Moi aussi,* va dire Gabriel. *Moi aussi,* va dire Dany. *Moi aussi,* va dire Bernard. *Moi aussi,* va dire René. *Moi aussi,* va dire Tristan. *Moi aussi,* va dire Daniel. *Moi aussi,* va dire André. *Moi aussi,* va dire Tony. *Moi aussi,* va dire Jérôme. *Moi aussi,* va dire Sacha. *Moi aussi,* va dire Isabelle. Et là, ils vont tous se mettre à parler de moi, genre thérapie de groupe à propos de leur vie avec Sissi, de leurs sentiments envers Sissi, de leur nuit avec Sissi, de leur orgasme avec Sissi. Ça ne va plus finir! Je suis faite à l'os!

Je dois partir, mon chat est mort dans leur pays. Ils vont s'apercevoir que je suis un charlatan; un charlatan dans un carnaval, un charlatan dans une mascarade, un charlatan qui se prend pour Cendrillon et qui pense faire vivre des nuits magiques avec la baguette des autres. D'ailleurs, tiens, Éric, je vais te laisser mon slip en guise de soulier. Tu le garderas en souvenir. De toute façon, tu ne pourras pas faire autrement, car tu auras beau le faire essayer à toutes les filles de la terre, jamais tu ne pourras me retrouver : le slip appartient à mon ex-chum.

CHAPITRE 2

L'invention de la mort

> *Chateaugué est morte. Elle s'est tuée, la pauvre idiote, la pauvre folle! Si elle s'est tuée pour m'attendrir, elle a manqué son coup. Je m'en fiche!* [...] *J'ai comme envie de rire. Je suis fatigué comme une hostie de comique.*
>
> RÉJEAN DUCHARME, *Le nez qui voque*

J'ai onze ans et je regarde *Les Tannants* à la télé. Roger Giguère est déguisé en bouffon et donne des coups de bâton sur les fesses de Shirley Théroux. Je vois les images, mais je ne comprends pas le sens. J'ai beaucoup de misère à me concentrer. Il y a comme une boule dans ma gorge, une boule qui est en train de devenir une pastèque tellement elle grossit. Je ne sais pas si j'ai envie de pleurer ou de

29

vomir, tout est confus. D'ailleurs, je nage dans l'irréel. Quand je cesse de regarder la télé pour regarder dans les pièces de la maison, tout se met à bouger, comme si je voyais la vie à travers un kaléidoscope. Alors, je préfère fixer la télé, en attendant. En attendant quoi ? Je ne sais pas. Ma mère vient de se suicider. Elle a pris du Lithium Carbonate, des Luvox, des Dalmane et des Valium ; toutes ses pilules en même temps. Puis, elle a crié : *JE VOUS AIME TOUS!*

Drôle de façon d'aimer le monde.

Pendant un certain temps, ç'a été le branle-bas de combat dans l'appartement. Tout le monde s'énervait : ma mère criait, mon beau-père pleurait et, à la télé, les gens hurlaient parce que Pierre Marcotte allait révéler le nom du grand gagnant au concours d'Elvis. Moi, je voulais savoir qui allait gagner, ça fait des semaines que je suis le concours. Mais ma mère a décidé d'en finir avec sa vie et celle des autres à ce moment-là. Ma mère, c'est mon empêcheuse de regarder la télé en rond. Ma mère, c'est mes bâtons dans les roues de bicycle. Elle a toujours choisi le bon temps pour faire ses niaiseries. Elle est comme ça, ma mère, il faut toujours qu'elle ait toute l'attention sur elle, qu'elle soit le point de mire. Le pire, c'est qu'elle réussit toujours, même avec moi. Ma mère, c'est ma cible. Je m'en sers pour sortir mes bibites. Je lance mes coquerelles sur elle, mes maringouins sur elle, mes araignées sur elle. Ma mère, c'est mon Insectarium de Montréal. Je la recouvre de bestioles pour ne pas voir ce à quoi je pourrais ressembler plus tard. Je ne veux pas lui ressembler et je me bats. Tout ce qu'elle aime, je ne l'aime pas. Tout ce qu'elle fait, je ne le fais pas. Je ne veux pas être elle. Niet. No. Non. Je ne suis pas elle.

— Vite, Sissi! Fais quelque chose! m'a lancé mon beau-père en pleurant. Moi, je ne peux pas rester, ta grand-mère va dire que c'est moi qui l'ai forcée à prendre tous ses médicaments.

Pour accuser mon beau-père, ma grand-mère n'en rate pas une. C'est son punching bag. Son bouc émissaire. Son crachoir. C'est à lui qu'elle lance toutes sortes d'affaires par la tête : des verres d'eau, des bouteilles de Quik, des pots de confitures, des bâtons, des cailloux, tout y passe. C'est sa cible préférée. Chacun la sienne! Elle dort même avec une brique à côté du lit. Elle m'a dit que si un jour il essayait d'entrer dans sa chambre, elle l'attendrait avec une brique et un fanal. Je n'ai jamais trouvé le fanal.

J'ai appelé à l'urgence de l'hôpital Notre-Dame. Je ne sais pas comment j'ai fait. Je ne me rappelle rien. En fait, je pense que c'est une autre petite fille qui l'a fait pour moi. Une autre petite fille blonde comme moi qui m'a souri et qui a pris ma main pour composer le numéro. Elle a parlé aussi : *Bonjour, suis-je bien à l'hôpital Notre-Dame? Oui, bon. J'aurais besoin d'une ambulance, c'est que ma mère vient tout juste de faire une imitation de Marilyn Monroe. Et c'était très réussi. On a tous applaudi. Mais là, elle ne veut plus débarquer de la scène. Alors vite, envoyez-nous une ambulance ou une équipe de tournage, parce que moi, je voudrais retourner regarder la télé. Je veux savoir qui a gagné au concours d'Elvis.* Ensuite, la petite fille m'a dit : *Viens, on va aller voir qui a gagné.* Alors moi et la petite fille, on a regardé la télé.

J'ai entendu la porte s'ouvrir puis se fermer. Plein d'hommes sont entrés. Il y avait des policiers, des détectives, des ambulanciers, des médecins. Je crois qu'il n'y avait jamais eu autant de personnes dans la maison. C'était comme à Noël chez mon oncle Michel. Mais ce n'était pas une belle fête, parce que personne ne souriait, tout le monde avait une mine de sinistré, c'était une fête sinistre. Moi, je ne suis pas allée voir dans la chambre où ma mère se trouvait. Non. Je suis restée devant la télé à regarder *Les Tannants.* Un policier est venu me voir. Il m'a dit des mots, mais je ne les comprenais pas. Il a mis sa main dans mes cheveux et m'a souri. Je voyais juste ses dents. Il en avait une de cassée à l'avant. J'avais envie de me faire toute petite, pour entrer dans sa bouche et m'installer sur sa langue, en espérant qu'il m'avalerait.

Une voix a parlé : *Son oncle va venir la garder.* C'était celle de ma grand-mère. Comment se faisait-il qu'elle soit ici ? Elle était partie faire des commissions pour une bonne partie de la journée à ce que je sache. Elle devait en avoir pour des heures. Ma grand-mère est comme Dieu. Elle est partout à la fois. Elle est omniprésente. En fait, je devrais dire femniprésente, parce que tout ce qui est homme, elle le réduit en bouillie. Elle dit que les hommes, tous autant qu'ils sont, sont des salauds qui ne pensent qu'à eux : ils battent les femmes, boivent comme des trous, font des enfants partout et gaspillent leur paye au jeu. Moi, quand je serai plus vieille, je contredirai ma grand-mère. Je me marierai avec tous les hommes de la terre juste pour la faire chier. Elle, elle me fait assez chier avec ses Raisin Bran qu'elle me force à avaler tous les matins. Mange ça, c'est bon pour ta régularité, qu'elle me dit tout le temps. Le monde est à l'envers, tout va de travers, mais moi je fais ma crotte chaque jour, à la même heure. Qu'est-ce que ça me donne ?

En moins de deux, toute la maison s'est vidée comme quand on évacue l'eau du bol des toilettes. Ma mère sur le brancard, tout le monde est parti avec elle, le point de mire. Moi, on m'a laissée là, seule. Je ne sais pas qui a gagné au concours d'Elvis. Je ne sais pas si ma mère est morte. Je ne sais pas ce qui va m'arriver. La télé est éteinte, je l'ai fermée. C'est silencieux. Il n'y a plus aucun bruit dans la baraque, que les gargouillements de mon ventre. J'ai faim, mais je ne mangerai pas. Il n'y a personne pour me faire la bouffe, et de toute façon mon ventre est déjà trop rempli. Le vide m'habite. Il s'infiltre dans chacune de mes cellules à une vitesse vertigineuse, il va plus vite que le Faucon millénaire dans *Star Wars*. Je suis couchée par terre dans le salon, le plancher est froid et me glace le dos. Je m'en fous. Je ne me lèverai pas d'ici. Je n'ai plus envie de bouger. Le vide est tellement lourd.

* * *

Je me suis réveillée couchée dans mon lit. Ça doit être ma grand-mère qui m'y a mise ou mon oncle. Je ne me rappelle rien. J'ai le cerveau en compote de pommes. On dirait qu'on m'a tapé dessus toute la nuit. C'est le bruit des casseroles s'entrechoquant qui m'a réveillée. Ma grand-mère lave la vaisselle tellement fort. Elle lave la vaisselle comme une maudite enragée.

Toute la nuit, j'ai fait plein de cauchemars. Des gangsters déguisés en Elvis Presley me poursuivaient, et moi je me figeais sur place. Paralysée. Les jambes comme du béton. La cervelle remplie d'éclairs. Les cordes vocales attachées. Mais dès que j'ai ouvert les yeux, trop contente d'être enfin libérée de ces maudits rêves, la réalité m'attendait de pied ferme avec ses sabots d'angoisse. Tout de suite, des images de la veille me sont apparues : ma mère nue dans sa robe de chambre ouverte, qui crie : *JE VOUS AIME TOUS,* mon beau-père qui pleure, le policier à la dent cassée, les pots de pilules vides sur la table de cuisine sale. MA MÈRE EST-TU MORTE OU QUOI ?

Vite, direction cuisine.

— Mémé ! Mémé ! Môman est-tu morte ?

Ma grand-mère ne quitte pas des yeux la vaisselle sale et reste silencieuse un long temps mort pendant lequel je peux voir trois coquerelles se faufiler dans le vieux percolateur qui leur sert de HLM. Ma grand-mère ne me répond jamais tout de suite. Elle me laisse languir. Alors je languis à qui mieux mieux. En camisole blanche, pieds nus sur le prélart gelé, je languis d'aplomb. Ma peau devient bleue, j'ai l'air d'une schtroumpfette. Je mets mes pieds l'un sur l'autre autant pour me réchauffer que pour éviter que les coquerelles qui se promènent sur le plancher me touchent.

Enfin, ma grand-mère quitte des yeux sa vaisselle sale et ouvre la bouche. D'une voix aussi sèche que des biscuits soda, elle me casse une réponse.

— Ils ne savent pas s'ils vont la réchapper, mais pour l'instant, elle vit. Encore. On va en savoir plus ce soir... Tout ça ne serait jamais arrivé si ton crisse de beau-père n'avait pas été là. Ça doit être lui qui l'a forcée à prendre toutes ses pilules. Il veut la tuer. Je le sais. C'est un assassin ! C'est un ostie de chien ! L'ostie de chien !
— Ben non, Mémé... arrête. C'est pas de sa faute. Tu sais que ta fille dis...
— Ah ! toi, t'es pareille comme ton beau-père. Tu prends tout le temps sa part. Toi aussi... Ça va faire ton affaire si ta mère meurt. Mais je vais te dire... si elle meurt, je vais peut-être être obligée de te placer dans une famille d'accueil, et je t'ai conté ce qui arrive dans ces familles, c'est pas drôle. En tout cas, pose-moi plus de questions, pis mange tes Raisin Bran, c'est bon pour toi.

Je m'en vais dans mon coin avec mon bol de Raisin Bran. Mes céréales sont poisseuses. Ça doit faire une bonne demi-heure que ma grand-mère les a mises sur la table. Le lait les a complètement imbibées. Ça a l'air d'une purée brun pâle avec des morceaux noirs qui essaient de s'échapper. Mes céréales sont tristes comme moi. Je garde pareil le bol dans mes mains, ça m'occupe. Je n'ai pas envie de m'engueuler avec ma grand-mère ce matin. Je n'ai pas envie de m'engueuler avec elle ni ce matin, ni jamais. Je suis fatiguée de ça. Je suis fatiguée de la voir s'énerver, parce que quand elle s'énerve, elle s'en prend toujours à moi et j'en prends plein la gueule. Elle me dit que je suis méchante, que je ne pense qu'à faire mal aux autres, que je suis une petite débauchée et qu'un jour elle va me placer. Mais je m'en fous. Je me fous de toutes les niaiseries qu'elle peut me dire à longueur d'année. Allons bon, me placer ! Ça fait mille ans qu'elle me la sert, cette chanson-là. Si tu n'es pas gentille, je vais te placer. Si tu ne manges pas toute ton assiette, je vais te placer. Si tu racontes des menteries, je vais te placer. Si tu te fouilles dans le nez, je vais te placer ! Si tu déplaces le pot de jus, je vais te placer. Je vais te placer ! Je vais te placer ! Je vais te placer ! Je vais te placer comme ça ne se peut pas ! Je vais te placer jusque sur une autre planète. Tiens, Pluton, c'est la plus loin ! Voir si elle le ferait. Elle veut juste que je m'inquiète autant qu'elle, la pas fine. Elle veut juste que je me fasse du mauvais sang comme elle, du mauvais sang de vieux, du sang pourri à l'os.

Céline vient me chercher pour aller à l'école, comme chaque matin. Céline, mon amie Raisin Bran. Mon gage de régularité dans tout ce chaos. Beau temps, mauvais temps, Céline est au poste, toujours prête. Mais ce matin, Céline file doux. Pas parce que ma mère s'est suicidée. Non, elle ne le sait pas encore. Mais parce qu'on s'est battues hier, juste avant *Les Tannants*. Quand j'y pense, c'était vraiment une grosse journée, hier. Une grosse journée triste comme un placard à balais. Une grosse journée de cul ! Céline ne voulait pas jouer au bingo avec moi, je lui ai foutu une baffe.

Elle est partie chez elle en pleurant. Et, ce matin, elle est encore là. Elle n'a pas d'amour-propre, Céline. C'est de la fidélité de caniche qui coule dans ses veines.

— Je m'excuse pour hier, me dit-elle. On est amies… O.K.?

C'est moi qui l'ai battue et c'est elle qui s'excuse. Sacrée Céline!

— O.K., Céline, mais la prochaine fois, écoute-moi. Si je dis qu'on joue au bingo, on joue au bingo!

J'en profite tout le temps pour lui faire la morale, ma morale. Pauvre elle. Elle me fait pitié. Elle a tellement besoin de moi, comme une canne de petits pois d'un ouvre-boîte. Céline, c'est moi qui la défends à l'école. Elle se met toujours les pieds dans les plats, parce qu'elle est tellement pas rapide du coco. Mais bon. Moi, ça fait mon affaire, je me sens nécessaire à quelqu'un. Pis en plus, ce matin, je suis particulièrement contente qu'elle soit là. J'avais hâte de le raconter à quelqu'un que ma mère s'est suicidée. Un événement pareil, ça me donne de l'importance, ça fait de moi un point de mire.

Pour l'annoncer à Céline, je prends mon air tragique. Je dis ça parce que j'ai l'impression de vivre dans un film. C'est tellement gros ce qui arrive qu'il faut que je me force pour avoir l'air dedans. Quand des choses comme ça m'arrivent, je me divise en deux : une partie fait semblant, pendant que l'autre se cache et tremble.

— Céline, ma mère a pris toutes ses pilules pour se tuer, hier.

— Elle est morte?

— Pas encore. On va en savoir plus ce soir.

— Hon! Qu'est-ce que tu vas faire?

— Oh! Je ne sais pas trop… Peut-être que ma grand-mère va me placer dans une autre famille.

— Oh! non. Pauvre toi.

— Tu sais ce qui risque de m'arriver si elle me place?

— Non, qu'est-ce qui risque de t'arriver?

— Ma grand-mère m'a dit que si je tombe sur une bonne famille, ça peut aller. J'aurai plein de belles robes. Une limousine viendra me reconduire à l'école et j'aurai toutes les Barbies de la terre. Par contre, si je tombe sur une bande de salauds qui adoptent des enfants uniquement pour l'argent, ils vont me donner à manger des toasts pas de beurre. Et je porterai le vieux linge des autres enfants, tout usé, plein de trous. On me laissera me laver juste à l'eau froide et pas de savon. Peut-être aussi que le papa de la maison voudra s'amuser avec moi.

— S'amuser avec toi?

— Oui, tu sais… il va me montrer son machin… sa bitte.

— Oh! sa bitte…

— Il va vouloir que je la mette dans ma bouche, au complet dans ma petite bouche. Et lui, le gros dégueulasse, il va l'enfoncer si loin dans ma gorge qu'il va m'étouffer. Et moi, je ne pourrai pas me libérer parce qu'il va tenir ma tête solidement avec ses deux grosses mains sales aux ongles crottés. Comme il fera noir, il ne verra pas que je suis toute bleue, en train de mourir.

— Non! C'est horrible. Je ne veux pas que ça t'arrive! Fais quelque chose…

— Oui, je vais faire quelque chose, je vais la lui mordre, sa grosse bitte.

— Oui! Oui! Au sang! Au sang!

— Je vais même la lui arracher au complet. Et tu sais ce que je vais faire avec?

— Non!

— Je vais la lui croquer, devant lui, comme ça, CRUNCH! CRUNCH! CRUNCH! Et je vais la mâcher, sa bitte, jusqu'à tant qu'elle soit comme de la viande hachée. Après ça, je suis sûre que la technologie ne pourra rien faire pour lui. Il ne pourra pas se la faire recoudre.

— Bien fait pour lui, l'ostie de gros chien sale!

— Ensuite, je me sauverai et j'irai rester dans le bois. Je me construirai une maison avec des branches. Il n'y a que toi qui sauras où j'habite. Comme ça, tu m'apporteras du McDonald, pis mes devoirs.

— Tes devoirs?

— Ben oui! Parce que je devrai poursuivre mon éducation toute seule. Je ne pourrai plus aller à l'école. À cause des flics qui seront à mes trousses parce que j'aurai mutilé le papa de la famille. Moi, je ne veux pas aller dans une prison pour délinquants. Ma grand-mère m'a dit que c'est horrible ce qui se passe là, c'est pire que dans les familles d'accueil! Les gardiens de sécurité se mettent à vingt sur les petites filles pour leur faire passer le test.

— Quel test?

— C'est un test de résistance. Ils entrent tout ce qu'ils trouvent dans le ventre des petites filles. Ils y mettent des crayons, des bouteilles de bière, des matraques. Enfin, tout ce qui leur passe sous la main. Si tu résistes, si tu passes le test, ils te foutent la paix et tu deviens la propriété de certains, jusqu'à tant que tu sortes de là. Mais si tu ne résistes pas, ton ventre éclate et tous les objets sortent par ton nombril.

— Arrête! C'est trop horrible. Arrête! T'es ma seule amie. Je ne veux pas qu'il t'arrive du mal. Non. À la place, tu viendras rester chez moi. Je te cacherai dans ma chambre et on dormira ensemble, toujours.

Ça y est, Céline pleure. Elle est inquiète pour moi et comme moi. Je me réjouis. Je me sens moins seule dans ma merde. J'applique le principe de ma grand-mère : une souffrance partagée est une demi-souffrance. Je fais comme ma Mémé. Je suis forte. Je ne pleure pas. Je n'ai pas pleuré. Je ne pleurerai pas. Je garde ça pour plus tard. Quand, couchée sur le lit d'une minable chambre d'hôtel, je viendrai de me faire baiser par un petit gros. Pour l'instant, je ne pleure pas, comme ma grand-mère, et, comme elle, moi aussi je suis capable de laver la vaisselle comme une maudite enragée ; laver la vaisselle à m'en faire éclater toutes les veines, toutes les artères du corps, à me répandre sur les murs jaunes de la cuisine et dans leurs yeux à mes deux mamans. Je leur en réserve une belle dans l'avenir. Un jour ce sera mon heure de gloire!

CHAPITRE 3

Creep

I wanna have control / I wanna perfect body / I wanna perfect soul / I want you to notice / When I'm not around / I wish I was special / So fucking special / But I'm a creep / I'm a weirdo / What the hell am I doing here? / I don't belong here.

RADIOHEAD, *Creep*

C'est mon anniversaire aujourd'hui. Vingt-quatre ans. Happy birsssssday to meeeeeeeeee! Mais qu'est-ce que je m'en fous! Je m'en fous comme de l'an quarante. Je m'en fous comme de la reine Victoria. Je m'en fous comme de la margarine ou du beurre. Certains disent que c'est meilleur pour la santé de manger du beurre, d'autres disent le contraire. Margarine, beurre, je m'en fous. Quant à moi, je

41

mange des poutines avec des frites McCain, du McDo presque tous les jours et des tonnes de bonbons. Je mourrai d'un cancer du duodénum : Fuck le duo ! Vive le tout seul !

Je suis dans un grand loft que mes amis ont eu l'amabilité de louer pour me fêter. Ils sont tous là et ils s'amusent comme si je n'étais pas là. Je suis toute seule dans mon coin, assise contre un mur. Mes jambes sont ramenées près de moi. Je les tiens serrées avec mes bras. Les lumières rouges, jaunes, vertes et bleues se reflètent sur ma peau. Je n'ai pas de collant même si on est en novembre, le mois de mon anniversaire, le mois des morts.

Je suis toute seule au milieu d'une foule de prétendus amis qui sont venus me souhaiter bon anniversaire ; qui sont venus me serrer la pince/ mais comme je n'étais pas là/ le Petit Prince a dit/ puisque c'est comme ça, nous reviendrons vendredi. Fuck you ! vendredi, je ne serai pas là, non plus. Je dis n'importe quoi. J'ai bu comme une bonne. J'ai bu à m'en défoncer la vessie.

Ce n'est plus du sang qui coule dans mes veines, mais du vin rouge. Je suis complètement bourrée. Les gens viennent me souhaiter joyeux anniversaire et je leur ris au nez. Je leur ris au visage. Je leur ris aux cheveux. Je ris d'eux en pleine face. Certains courageux s'approchent pour me dire que je suis belle, que je suis bien habillée, que je suis bonne… Mais ça a l'effet du beurre ou de la margarine sur moi : je m'en fous. Je me fous de tout. Tantôt, j'ai dansé et j'ai slammé sur un mur du loft. Il n'y a plus de mur. Ce n'est pas de ma faute si les murs sont en carton. Le propriétaire va sûrement engager des poursuites contre moi, mais ça aussi, je m'en fous. Je n'ai pas d'argent.

C'est mon anniversaire aujourd'hui et je me chante des chansons dans ma tête. Je chante dans ma tête parce que ma voix ressemble à un poste de radio entre deux stations tellement j'ai fumé de cigarettes. J'ai fumé exactement vingt-quatre cigarettes aujourd'hui. Je le sais parce que j'ai soufflé minutieusement chaque allumette de manière à me donner l'impression que je soufflais les bougies d'un gâteau d'anniversaire. C'est mon anniversaire, mais personne n'a pensé à m'acheter un gâteau d'anniversaire. Sont nuls à chier pour les fêtes ! Sont nuls si découverts, mes amis. Ma mère, elle, elle n'aurait pas oublié. Elle m'aurait acheté un beau gâteau avec de la crème blanche et des fleurs bleues, ou un gâteau avec une Barbie au milieu. Ma mère, elle n'oubliait jamais les gâteaux, même à l'hôpital, en cure fermée, elle n'oubliait pas les gâteaux. Elle appelait à la maison et pleurait durant des heures parce qu'elle ne pouvait pas sortir et m'en apporter un. Mais eux, mes supposés amis, ils ont oublié. Alors, pour moi, ce n'est pas un vrai anniversaire. Bah ! après tout, je m'en fous de ça aussi !

Les lumières continuent de se refléter sur mes jambes, mes cuisses. C'est beau. Je m'excite en crisse ! Je lève un peu plus ma jupe, les lumières me suivent. Je n'ai pas de petite culotte. Tout le monde peut voir ma chatte blonde, mais de ça aussi je m'en fous. D'ailleurs, ça me plairait qu'un d'entre eux me voie et vienne regarder les petites lumières de mon anniversaire sur mes jambes et mes cuisses. Si jamais ça l'enchante, je pense même que je lui permettrais de regarder les lumières sur mes cuisses, mon ventre, mes seins… Ça me plairait assez… Mais personne ne vient me voir. J'ai trop bu et je leur fais peur, mais ils restent quand même. Ils restent quand même parce que la bière est gratos, la bière et le vin. Le vin ne l'est plus. Je l'ai tout bu. S'ils en veulent, ils n'ont qu'à m'ouvrir les veines. Ils n'ont qu'à me sucer le sang; se mettre toute la bande sur moi et me sucer, me sucer. Ils devraient être capables depuis le temps qu'ils me sucent l'énergie.

C'est mon anniversaire et j'ai envie de me faire baiser.

Je me lance un défi : si personne ne vient me voir d'ici cinq minutes, c'est moi qui vais aller voir le monde et ça ne va pas être beau. Je vais faire un esclandre! Je vais foutre le bordel! Je vais me faire remarquer! Non, mais! pensent-ils vraiment que je vais les laisser boire tout l'alcool de mon anniversaire, comme ça, sans qu'aucun vienne regarder les lumières sur mon ventre et mes cuisses? Ma patience a ses limites, et mes vêtements aussi! S'ils ne viennent pas me voir bientôt, je vais faire quelque chose de gros. Je vais m'offrir en spectacle à qui mieux mieux. *Entrez! Entrez! Venez voir le show. Vous pouvez même emmener vos femmes et vos enfants, ça les éduquera!* Je ferai quelque chose de moi! Je ferai une Annie Sprinkle de moi! Le premier téméraire qui osera s'approcher de moi m'aura pour lui seul toute la nuit. Une aubaine! Pas besoin de me conter fleurette, de me dire que je suis belle, que je suis fine et tout et tout. Non. Que de l'instantané comme le café Maxwell

House. Mais je les connais, personne ne s'approchera et encore moins ne m'arrêtera... M'arrêter. Enfin. Si. Ils m'arrêteront, mais pas avant d'avoir vu jusqu'où je peux aller, jusqu'où je pourrai m'enfoncer dans mon baril. Au début, ils feront comme s'ils étaient choqués par mon comportement, mais ils seront incapables de ne pas me regarder. Ils se rinceront l'œil devant mon audace dans leur for intérieur; for intérieur, comme dans forteresse, parce qu'ils sont tous barricadés avec leurs sentiments bien compartimentés, bien régis. Moi, mes sentiments, c'est impossible de les retenir. Ils débordent de partout, comme du vomi d'un sac en papier. C'est pour cela que je me contrôle très mal. En fait, je ne me contrôle pas du tout: j'explose. Je suis ma propre bombe. C'est Hiroshima en permanence dans ma tête. Après mon passage, c'est les cataclysmes, les hécatombes, les catacombes. Je suis mon pire drame. Et encore pire, c'est que je me suis trouvée avant même de me chercher. Je me suis trouvée et depuis je ne peux plus me débarrasser de moi. Si je pouvais emprunter une vie pour m'y reposer; me reposer de ma façon que j'ai de me coller au cul comme ça. Je me colle tellement au cul que c'en est écœurant. Une vraie mouche à merde. Il n'y a pas moyen de me sortir de moi. De me sortir... Ah! Qu'est-ce qui se passe? Je n'ai plus d'alcool dans mon verre. Je n'ai plus rien à boire, merde! Il faut que je me rende au bar.

J'essaie de me lever, mais je n'y arrive pas. Mes jambes, c'est l'océan, et des poissons malheureux y habitent. Je me donne un élan. Holà! Les murs se distendent, ça doit être à cause de mon eau salée, l'érosion et tout et tout. Vite du

vin! Vite de la bière! Vite de la tequila! De l'alcool! Que
quelqu'un me donne de l'alcool!

Une tête se penche vers moi. Enfin quelqu'un qui ose
s'approcher de ma petite personne. Mais qui est donc cet
Adonis qui fait de l'ombre sur mes cuisses? Mon ex-chum
est là qui me sourit. Ah! L'ex-chum suprême. L'ex-chum
par-delà tous les ex-chums.

— Bonne fête, Sissi!
— Ah! Antoine, emmène-moi chez toi. Y a plus de
vin et moi, j'ai besoin de calmer les poissons alcooliques
qui habitent dans mon ventre…
— Ma chouette, j'aimerais bien t'emmener avec moi,
mais je ne suis pas sûr que ma blonde apprécierait. De
toute façon, tu ne peux pas partir comme ça de ta fête, ils
sont tous là pour toi…
— Je ne devrais même pas être ici. Je m'étais juré de
ne plus les revoir, mais ils sont toujours là comme des
taches. Et ils m'appellent : Sissi par-ci, Sissi par-là.
— Mais ils t'aiment, Sissi. La moitié d'entre eux sont
carrément fous de toi. Tu as le choix…

Je regarde mon ex-chum, interloquée. Je me mets à
rire. Je ris d'un gros rire gras. Je ris à gorge déployée. Je ris
fort pour qu'il comprenne que je ne gobe pas ce qu'il dit.
Le choix, le choix… Il est drôle, mon ex-chum, une vraie
grimace de Michel Courtemanche, un vrai *Surprise sur
prise* de Marcel Béliveau. Ce n'est pas lui qui me disait il n'y
a pas si longtemps : *Tu vois, quand je ne suis pas là, tu fais
toujours les mauvais choix?* Et ma mère, elle, avec sa

maxime, elle n'était guère mieux : *Qui choisit prend pire!*
Alors, quand on me parle de choix, je rigole dans mes poils
de chatte, parce que je n'ai pas de barbe. Si j'avais une
barbe, elle serait très longue pour me permettre de rire des
heures, des jours, des mois, des années entières, jusqu'à ce
que je m'étouffe dedans. Le choix, le choix, il est drôle, lui.
Parce qu'il pense que j'ai le choix! Lui, il a le choix? Oh
oui! Mais ce n'est pas tout le monde qui est le nec plus
ultra de tout le monde. Moi, en tant que cul plus ultra, ça
fait longtemps que j'ai compris pour ce qui est du choix. Je
me laisse aller, je me laisse faire. Je ne choisis pas, je me
laisse choisir comme une poupée. Mais là, la poupée est
mal en point. Une petite fille a fait des barbouillages dans
son visage ; elle lui a peint les dents en noir, lui a coupé les
cheveux très court et lui a arraché les deux jambes. Alors,
la poupée ne peut pas se rendre au bar ni rentrer chez elle.

— Antoine, veux-tu me reconduire? Je me sens
comme un ordinateur défectueux qu'il faut retourner au
fabricant.

— Oui.

Mon ex-chum me prend par la taille et me tient serrée
pour ne pas que je m'effondre par terre, comme une toast
qui tombe du côté beurré. Il me fait mal. Ses os font mal à
mes os. À chaque pas, ça fait des décharges électriques
dans mon cerveau. Deux squelettes qui se frottent l'un sur
l'autre. Il me traîne comme ces nombreuses journées où
j'étais bourrée. Sur notre passage, les gens se dispersent :
la foule s'ouvre, comme la mer sous le commandement de
Moïse. Je pourrais même dire que les gens murmurent

en nous regardant. Si la musique de Radiohead n'était pas si forte. *BUT I'M A CREEP / I'M A WEIRDO / WHAT THE HELL AM I DOING HERE? / I DON'T BELONG HERE. / O HO O OH…* Moi aussi je suis une creep. Une crisse de creep, pis j'ai hâte de sortir d'ici. J'ai froid, j'ai faim, j'ai mal partout.

— Antoine, pourquoi est-ce qu'on s'est quittés?
— On ne s'est pas quittés… C'est toi qui m'as plaqué pour une espèce de peintre bidon, que tu as plaqué pour une espèce de photographe de mes deux, que tu as plaqué pour…

Et là, il n'arrête plus. Pendant tout le temps que nous descendons l'escalier, il continue de me dire des paroles-reproches. Je voudrais lui répondre que c'est peut-être de sa faute, après tout, si je suis partie. C'est vrai! Ce n'est pas de ma faute s'il s'occupait mal de moi, s'il était aussi prévisible qu'un film américain, s'il n'en avait que pour ses maudits tableaux. Mais ça ne donnerait rien. De toute façon, comment pourrais-je m'obstiner avec mon ex, alors que j'ai couché avec la moitié de ses amis?

— O.K., arrête, Antoine, j'ai compris.
— Tu ne devrais pas boire autant. Tu devrais te concentrer un peu plus sur tes études et tu…

Mais le con, il continue et, en plus, il me fait la morale. *Tu devrais te prendre en mains. Tu devrais… tu devrais…* Il m'a toujours fait la morale. Il se prend pour mon père, pire, mon boss. D'ailleurs, notre relation, ce n'était pas une vraie relation, c'était une PME qui a mal tourné, une PME qui a fait faillite, parce que l'amour pis le travail, ça ne va pas ensemble.

— Va chier, Antoine!
— Quoi?
— J'ai dit : va chier, Antoine!
— Arrête, Sissi…
— Va chier, pis fous le camp ou je vais te foutre mon poing quelque part.
— Arrête, t'as trop bu.
— Va-t'en! Va-t'en! Va-t'en…

Et là, je me mets à lui donner des coups de poing. Mais j'ai beau viser le torse, j'attrape juste du vent. J'ai l'air d'un chef d'orchestre qui indique la cadence à des chaises vides. Et un autre coup de poing au vent, et un autre. Pourtant, il a l'air collé contre moi. Qu'est-ce qui se passe?

Pendant ce temps, lui, il ne sait plus comment réagir, ne sait plus où regarder, ne sait plus quoi faire. Bien fait pour lui. De toute façon, il n'a jamais su quoi faire avec moi. Je n'étais pas une fille pour lui. Lui, c'est d'un petit chien qu'il a besoin, un petit chien qui le suit partout et qui aime ses œuvres, parce qu'avec mon ex, c'est ça l'amour. Il faut l'admirer, l'idolâtrer, l'aduler, lui vouer un culte, parce que soi-disant il peint de beaux tableaux… Tuer le veau, la poule et éventrer une jeune vierge sur son autel, pour rendre hommage à ses prétendus talents artistiques. Et pourquoi pas égorger Pierre, Jean, Jacques, tant qu'à y être!

— CRÉTIN! JE NE SUIS PAS UNE FILLE POUR TOI!... PIS TES TABLEAUX SONT MÊME PAS BEAUX! VA-T'EN!

Il ne réagit pas. J'ai l'impression de faire une démonstration de produits Avon à une famille de morts vivants. Je veux qu'il parte, je ne veux plus voir sa gueule de petit arriviste. Je lui en veux. Je lui en veux à mort, mais je ne sais pas pourquoi, je ne sais plus pourquoi... Il me dérange, c'est tout. Toujours à me prodiguer ses bons conseils. Ce n'est pas de conseils que j'ai besoin, mais d'une bitte bien dure, prête à l'action. Je veux qu'il parte. Ça va être le tout pour le tout...

— TU BAISES COMME UN PIED! CÂLICE! C'EST POUR ÇA QUE JE SUIS PARTIE! CÂLICE!

Ça, c'est chien. Ça, c'est pas correct. Ça, c'est pas à armes égales. Dans notre duel, je lui tire en bas de la ceinture, parce que, moi, cette région-là, c'est ma spécialité. Je suis une castratrice. Une cantatrice de la castration. Je fais un chant de mon corps pour mieux leur couper les bijoux de famille avec mes dents acérées. Je leur cloue le squelette au lit, pour être sûre que je les ai à ma main. Une fois que je les ai bien à ma main, je leur glisse deux, trois mots, juste deux, trois mots mal placés à propos de leur potentiel sexuel, et vlan dans les parties! Je ruine tout. C'est drôle, ils ont tous peur de moi, mais ils en redemandent. Je le sais pourquoi ils en redemandent. Ils en redemandent parce que je suis bonne avec leur corps. Je suis bonne avec ma bouche et ma brèche sur leur corps. Je suis un remake d'Emmanuelle, en version améliorée, plus hard et sans pauses commerciales.

— JE NE SUIS PAS UNE FILLE POUR TOI, CRÉTIN…

De toute façon, je ne suis une fille pour personne. Je ne suis même pas une fille du tout. Je suis un cas pour le DSM-IV. Je suis un cas à étudier, à disséquer comme une souris de laboratoire. D'ailleurs, le psy du CLSC l'a compris et il veut que j'aille me faire traiter. Me faire traiter! Traiter de quoi au juste? De folle, comme ma mère folle? De pas normale, comme ma mère pas normale? Ou peut-être de juste bonne à baiser? Être baisée, c'est ça que je veux!

Mon ex-chum s'en va. Triste. Moi aussi je suis triste. Triste de lui avoir dit des niaiseries, des niaiseries même pas vraies. Triste de lui avoir fait de la peine, tout le temps de la peine… de la peine comme j'en fais à tout le monde, comme j'en ai fait à ma mère… Je suis devant l'entrée du loft, coin avenue des Pins et boulevard Saint-Laurent. J'entends des cris de joie en haut. Hé! Ce sont les cris de ma fête. Les gens fêtent mon anniversaire. Les gens boivent la bière de ma fête. Je veux y retourner. Je veux être la Reine de la soirée.

Accrochée aux murs, je grimpe l'escalier et entre de nouveau dans ma fête. Les lumières brillent toujours autant. Péniblement, j'avance dans la foule. Crisse que mes jambes sont lourdes! On dirait que je traîne des boulets.

Ça doit être ça, le poids de ma culpabilité; culpabilité d'avoir envoyé chier mon ex-chum, culpabilité d'être ce que je suis : une espèce de phoney baloney, culpabilité d'exister, culpabilité, culpabilité… L'arbre est dans ses feuilles malilonde malidé! Je marche, les yeux embrouillés par les lumières, lacérés par ces regards qu'on me jette à la dérobée. J'approche de ma libération, j'approche. Les autres font semblant de ne pas me voir, mais ils me regardent et me regarderont, ils n'auront pas le choix.

Arrivée au centre de la pièce, bien au milieu, juste en dessous des belles petites lumières de ma fête, rouges, jaunes, vertes et bleues, je commence mon histoire. J'enlève mon blazer noir, tranquillement. Je déboutonne ma chemise noire, tranquillement. Je baisse ma jupe noire, tranquillement. J'enlève mon soutien-gorge rouge, tranquillement. Je m'étends sur le plancher et je me mets à me branler. Le majeur de ma main droite entre dans ma brèche et en sort.

Pendant que l'index de ma main gauche frôle le bout de mon sein gauche, comme dans les films pornos. Je les sens, les autres, ils commencent à s'énerver, et moi, je ne peux pas m'empêcher de rire aux éclats.

J'entends des cris d'indignation qui viennent de partout. *Ho! Non! Qu'est-ce qu'elle fait? Qu'est-ce qu'elle a, Sissi? Arrête! Non!* Des mains me touchent. Des milliers de mains parcourent mon corps. On me jette des vêtements, on me tire un bras, puis l'autre. Quelqu'un en profite pour toucher mes seins. Je le savais qu'il y en aurait un qui ne pourrait pas se retenir. Enfin, on s'occupe de moi. Enfin, je suis la Reine de la soirée et je me sens un peu mieux. Je suis ballottée d'un côté et de l'autre. Une foule me berce comme ma mère l'a déjà fait, il y a longtemps, dans une vie antérieure. Je vogue sur la mer et je m'enfonce dans son ventre. C'est calme en dessous des vagues. Je suis bien. C'est le silence. Puis c'est la nuit. Mais où sont donc passées les petites lumières rouges, jaunes, vertes et bleues? Qui a volé les lumières de ma fête? Et pourquoi tous ces hommes-schtroumpfs? Pourquoi bougent-ils autant? Hé! Faites quelque chose, les hommes-schtroumpfs vont me tuer…

* * *

Je me réveille en plein milieu de la nuit dans le salon chez moi, chez ma grand-mère. J'ai perdu la boussole. On m'a larguée ici. On m'a larguée ici en plein milieu de ce salon où la lumière de la lune passe à travers les rideaux de nylon troués et fait miroiter des millions de petites étoiles sur ma peau. Je transpire même si je suis gelée comme un Popsicle. J'essaie de me lever, mais je tombe. Que se passe-t-il? Mes jambes sont engourdies. Et mon estomac? J'ai mal au cœur. J'ai donc bien mal au…

Complètement nue, à quatre pattes en plein milieu du salon, je vomis. Je vomis de la bile comme une débile. Je vomis du vin et de la bile comme une débile. Ma grand-mère est là et nettoie les dégâts, tout en marmonnant: *Ça n'a pas de bon sens de boire de même! Ça n'a pas de bon sens! Moi j'aurais envie de lui dire : Oui, Mémé, ça a du bon sens de boire comme ça. Ça a du bon sens, parce que c'est du vin qui coule dans mes veines présentement. En temps normal, c'est l'hiver qui coule dans mes veines, Mémé. C'est pour ça que mes os neigent, c'est pour ça que j'ai froid, que j'ai les lèvres bleues mal embrassées. J'ai les lèvres aussi bleues que celles de Laura Palmer. Le froid émane de moi. J'ai froid, Mémé. Je n'arrive plus à me réchauffer. Tous les corps de la terre n'arrivent plus à me réchauffer. Aucune parole ne me réconforte. Rien n'est assez chaud pour moi.*

Je voudrais lui dire cela à ma Mémé. Lui dire cela et bien d'autres choses, mais je me rendors et il y a ces hommes-schtroumpfs qui reviennent et qui me poursuivent. Et moi qui cours, qui cours toujours.

CHAPITRE 4

Dessine-moi un mouton !

*Every finger in the room is pointing at me /
I wanna spit in their faces / then I get afraid
of what that could bring / I got a bowling
ball in my stomach / I got a desert in my
mouth / figures that my courage would
choose to sell out now.*

TORI AMOS, *Crucify*

J'ai huit ans et je suis en deuxième année. En deuxième année, au deuxième étage de l'école qui est dans la deuxième rue après la maison où j'habite. Ça a l'air compliqué, mais ça ne l'est pas tant que ça. Pour se rendre à mon école, il faut passer devant la taverne où il y a des messieurs bourrés comme des Polonais, qui me donnent des dix sous à huit heures le matin, puis devant la grosse église Sainte-Marie, qui est mille fois plus grosse que moi. Ce n'est pas compliqué de se rendre à mon école. Non. Le plus compliqué, c'est que je ne peux pas y aller toute seule. Ma grand-mère dit que, parce que je suis petite, les vieux ivrognes de la taverne vont me rentrer de force dans les toilettes pour que je touche leur pipi, et après on ne va plus jamais me revoir. Elle dit tout le temps plein de niaiseries, la vieille crisse!

Dehors, il pleut à torrents. Mais dans la classe, au deuxième étage, tout est ensoleillé. Tout est ensoleillé par les dessins d'enfants.

Les dessins sont super laids. Sur les feuilles, des mamans avec trois doigts; des papas pas de nez; des animaux qui ressemblent à des toasters; des arbres mauves; des nuages avec des yeux et des valises; des maisons sans fenêtres, sans porte et sans cheminée; des automobiles aussi grosses que des paquebots; et des sourires! Ah! des sourires… Des familles avec des sourires de vendeur d'aspirateurs. Sur leur feuille, c'est l'*American way of life*, version québécoise. Moi, sur ma feuille, c'est le *Russian way of life*, le *concentration camp way of life*, version rue Dorion.

Sur ma feuille, il n'y a que deux yeux bleus, qui apparaissent en plein milieu. Deux yeux tristes, qui émergent du blanc de la page. Du bleu et du blanc. Juste ça, et j'ai traumatisé la classe au complet. Ça ne leur en prend pas gros! Petites natures, va! Gang de brouteux de luzerne, va! Aucun enfant n'a voulu s'asseoir à côté ou en dessous de mon dessin. *Les yeux me regardent!* se plaignaient-ils. *Les yeux me suivent!* braillaient-ils. Les peureux! Alors, la maîtresse a mis mon dessin derrière la classe, là où on accroche les manteaux. Là où elle est sûre que personne ne va le voir.

Habituellement, les autres enfants veulent tous être assis à côté de mes dessins pour pouvoir les copier. Ils veulent copier ce que je dessine parce que c'est moi qui gagne tous les concours avec mes portraits hyperréalistes de la réalité plate. Oui! Oui! Je suis super hot en dessin... depuis le temps que je m'exerce! Je pense que j'ai commencé à dessiner deux jours après ma naissance, tellement je m'ennuyais, tellement je savais que j'étais mieux de m'inventer un monde si je voulais survivre. Après ma période cubiste, où je dessinais les cubes stupides qu'on doit introduire dans un moule stupide, je suis devenue une impressionniste. À trois ans, j'étais une impressionniste qui impressionnait tout le monde avec ses dessins. Des heures et des heures à dessiner mes petits bonshommes Fisher Price, mes Barbies toutes nues, les mégots de cigarettes de ma mère dans le cendrier encrassé, les couteaux de cuisine, ma grand-mère en train de me chicaner, ma mère en train de pleurer. Tout y est passé. Je dessinais même mes cadeaux de Noël au cas où ma mère n'aurait pas la permission de sortir de sa cure fermée pour m'acheter des bébelles. Alors, pour les dessins, j'ai la main. Donc, quand la maîtresse dit : *Dessinez-moi un bateau,* je m'exécute. Et voilà mon dessin terminé, c'est *La croisière s'amuse,* avec tous les personnages : le capitaine qui n'a pas de cheveux sur le coco; le barman Washington qui a les deux dents d'en avant si séparées qu'on pourrait y insérer une poignée de porte ; le docteur qui réagit toujours trois heures après les autres ; et la maigrichonne rousse aux grandes dents, qui ne sert à rien, mis à part à montrer ses grandes dents. La maîtresse dit : *Dessinez-moi un mouton.* En deux temps, trois mouvements, mon mouton prend forme. Pas une machine à coudre ! Ni un pilier, un pénis ou un Vinier ! Non. Un vrai mouton qui fait : bêh ! bêh ! si on a assez d'imagination. La maîtresse dit : *Dessinez-moi une famille.* Je lui reproduis la famille parfaite : papa, maman, chien, chat, maison, piscine… Enfin, tout le kit, mais en cent fois mieux que les autres. Moi, mes papas n'ont pas trois doigts, mais cinq dans chaque main ; mes animaux ne ressemblent pas à des toasters, mais bien à des animaux ; et mes maisons ont une porte, quatre fenêtres et même une boîte aux lettres. Je suis super bonne dans la représentation de la réalité. Mais cette fois-ci, je suis allée trop loin dans la représentation de la réalité. Aujourd'hui, je suis devenue une surréaliste. J'ai dépassé les bornes de l'audace artistique pour les deuxième année, et là, ils ont peur. Pourtant, je n'ai fait que ce que la maîtresse avait demandé : *Dessinez-moi la première chose qui vous passe par la tête.* Alors, je l'ai fait. Deux yeux bleus, tristes. C'était ça ou un gros beignet trempé dans le chocolat, parce que j'ai drôlement faim. Je n'ai pas mangé ce matin.

Quand je lui ai montré mon dessin, à la maîtresse, elle était toute mal. Elle regardait à côté d'elle, dans le vide, cherchait quoi me dire, se frottait le nez, les sourcils, le soutien-gorge. Alouette ! On aurait dit que ça lui piquait partout. Comme si elle avait eu une poussée de varicelle. Moi, j'étais là, et j'attendais qu'elle me dise comme d'habitude :

Ah! Sissi, ton dessin est parfait! Ton dessin est super beau! Ton dessin, c'est mon préféré dans le monde entier! J'attendais qu'elle me lance ces phrases qui grossissent ma couronne invisible de petite princesse Sissi, mais elle ne disait rien. Les minutes passaient, elle continuait de se gratter partout. Et moi, j'attendais, toujours, devant son pupitre, avec mon grand sourire laid. Mon sourire est super laid. J'ai une petite bouche de clown avec de grosses dents. Mes dents poussent trop gros, c'est hyper ridicule. On dirait que je veux mordre la vie à belles dents. À vrai dire, j'ai plutôt envie de la dégueuler, la vie. J'ai huit ans et j'en fais déjà une indigestion, de la vie. M'enfin.

Après maintes ruminations, la maîtresse a finalement dit: *Ouais... Sissi... ton dessin... Euh... il est très original... Euh...* Pour la première fois depuis que je lui montre mes dessins, elle a juste dit « original » et non pas « formidable », « merveilleux », « magique », « extraordinaire ». Original! Alors là, je l'ai traumatisée, la maîtresse, avec mon dessin. Je l'ai traumatisée, sauf qu'elle a été obligée de l'accrocher quand même, la vieille chipie. Elle a été obligée de l'accrocher comme celui des autres pour que je ne me sente pas mise à part, comme trop souvent. Alors, elle l'a fixé au mur en poussant des soupirs aussi bruyants et puants qu'une bouche d'aération de métro qui a mauvaise haleine. Elle l'a fixé en s'efforçant de ne pas regarder les deux yeux. Traumatisée, la prof. Je m'en fiche! À vrai dire, l'école au complet a été traumatisée par mes deux yeux bleus tristes. Même la directrice, qui me serre toujours dans ses bras lorsqu'elle voit mes beaux dessins, a été traumatisée. Quand elle l'a vu, elle n'a pas su quoi dire.

Aucun de ses mots de directrice d'école primaire n'est sorti de sa bouche. Elle est restée comme ça, les lèvres entrouvertes, les bras tombants et les sourcils pas loin du menton, sans rien dire. Aucun mot. Le silence. Le silence comme d'habitude. Le silence comme chez moi. Le silence comme celui de ma mère qui me regarde avec ses yeux bleus. Des heures à me regarder sous l'ampoule jaune pipi de la cuisine, sans cligner des yeux. Jamais.

Mes yeux à moi, là, ils sont rivés sur mon pupitre, ils ne veulent pas se détacher de la surface en bois plastifiée, égratignée, avec trois brûlures de cigarettes. Je n'entends pas ce que la maîtresse dit. Je ne comprends pas non plus ce qu'elle écrit au tableau : des chiffres, des lettres, des lignes, des formes géométriques et puis ces bouts de ficelles. Je ne saurais dire s'il s'agit d'un cours de mathématiques ou de macramé. Je ne saurais... Je n'arrive pas à me concentrer. J'ai peur. C'est que j'ai beaucoup de difficulté à respirer. D'ailleurs, j'ai tellement de difficulté à respirer que je pense que je vais faire une crise d'asthme. Une belle crise d'asthme en bonne et due forme, avec les râlements, les étouffements, les yeux révulsés, et tout le bataclan ! Je pense que ça va être une super crise d'asthme, car j'ai oublié ma bombonne de Ventolin. Je l'ai laissée quelque part chez moi, sur la commode, je crois, à moins qu'elle ne soit en dessous de mon lit. Je l'oublie tout le temps, même si ma grand-mère me répète constamment : *Sissi, n'oublie pas ta bombonne de Ventolin, sinon tu risques de faire une crise d'asthme, et ça va inquiéter ta mère. Et quand ta mère s'inquiète, elle devient folle et on doit l'enfermer. Tu ne veux pas rendre ta mère folle, hein ?* Elle a beau me dire ça, mais je l'oublie quand même tout le temps. N'importe où, la petite bombonne de Ventolin. Ce n'est pas que je veuille rendre ma mère folle, et qu'ensuite on l'enferme pour huit mois à l'institut psychiatrique. Non, ce n'est pas ça. C'est juste que je dois être suicidaire malgré mes huit ans. Je dois être suicidaire comme ma mère dans trois ans. Ça doit être dans mes gènes, d'être suicidaire. Dans mes gènes remplis d'hérédité malade. Même à l'intérieur de moi, je n'ai plus de place pour respirer. Je suis coincée dans mon ventre. Mes poumons asthmatiques, depuis ma dernière fièvre, renferment déjà trop d'air. Je vais leur étouffer en pleine face, à cette gang de chieux. L'asthme, c'est ma nouvelle arme, mais c'est dommage que je ne puisse la retourner contre les autres. J'en connais beaucoup qui y goûteraient. Mais puisqu'il n'y a que moi pour y goûter, aussi bien en profiter, et étouffer à qui mieux mieux. De toute façon, si je meurs, qui ça va déranger ? Je suis toute seule au monde. Toute seule. Je vois déjà mon épitaphe d'ici : *Ci-gît Sissi, la plus toute seule des toutes seules. Va en paix, petite souris sans queue. Fin.* Faim. J'ai faim. J'ai les poumons pleins, mais le ventre vide. Je n'ai pas mangé ce matin parce que, quand je suis partie, ça n'allait pas bien chez moi. Pas bien du tout.

Ma mère et ma grand-mère pleuraient. Le temps était gris. Les nuages emplissaient même la maison. Le robinet fuyait. Une goutte à la seconde : ploc ! ploc ! ploc ! Et encore : ploc ! ploc ! ploc ! Un vrai supplice chinois. Les pleurs de ma mère et de ma grand-mère remplissaient toute la maison. Les pleurs de ma mère et de ma grand-mère et le robinet qui fuyait. De l'eau partout. Un gros bain triste. Moi aussi, je voulais pleurer. Mais ce n'était pas pour les mêmes raisons qu'elles. En fait, je ne sais pas pourquoi elles pleuraient. Elles pleurent tout le temps. Ma mère et ma grand-mère se racontent des histoires et elles pleurent. Des fois, elles ne se racontent pas d'histoires et elles pleurent quand même. C'est à croire qu'elles pleurent pour passer le temps, câlice! Moi aussi j'avais envie de pleurer, mais j'avais une raison. Une bonne raison. Je savais que si ma mère n'arrêtait pas de pleurer, elle ne viendrait pas me reconduire à l'école à temps et j'allais être en retard. J'avais envie de pleurer parce que je voulais être à l'école. Je dois être la seule enfant à l'est de la rue Papineau qui pleure pour aller à l'école; qui pleure pour être assise à un pupitre, assise en face de cette surface de bois plastifiée, recouverte d'égratignures et de brûlures de cigarettes. La seule enfant qui pleure pour avoir une maîtresse, des crayons, des feuilles volantes et des devoirs afin de s'occuper, de passer le temps, calvaire! J'avais envie de pleurer parce que j'avais peur d'arriver en retard, de renverser mon cartable devant tout le monde et qu'on se moque de moi. Je hais quand on se moque de moi. Mes mains tremblent, mes jambes veulent flancher et ma peau se recouvre de taches rouges. Je deviens super mal, et plus je suis mal, plus je rougis. Je déteste quand ça m'arrive, je ne sais plus où regarder, je ne sais plus où me jeter. Je le sais, parce qu'on rit souvent de moi. On rit de moi parce que j'ai un accent, parce que je dis « mooôââ » et que j'ar-ti-cu-leuuu quand je parle. On me traite de petite fraîche : *Saleuuu, petiteuuu fraîcheuuu! Saleuuu, petiteuuu fraîcheuuu!* On rit de moi et de mes cours de diction, le mardi et le jeudi, à l'heure du midi. Mes cours de diction pour m'empêcher de dire un « sien », un « sat », des « bisous », des « zenoux ». Tous les « s », les « che », les « s » et les « z » se mélangent. Tout ça se mélange dans ma tête, comme les rôles familiaux dans la maison : ma mère est ma sœur, ma grand-mère est ma mère et mon beau-père est un ostie de chien, comme dit toujours ma grand-mère. On rit de moi aussi parce que je suis maigre et que mes cheveux sont comme des spaghettis et que le soleil passe facilement à travers. On rit de moi à cause de mes yeux trop grands, grands comme des yeux de chien piteux. Battu, le chien. On me crie par la tête : *Piteux pitou! Piteux pitou!* On rit de moi à cause de mon prénom : Sissi. On me crie : *Heille Oui! Oui! Heille Pipi!* ou encore *Heille Suce!* ça, c'est les cinquième année. On rit aussi de mon nom de famille dysfonctionnelle ; mon nom de famille laissé, oublié par mon grand-père Labrèche mort d'un cancer du poumon à l'hôpital Notre-Dame, un dimanche après-midi ensoleillé. On m'appelle la Broche, la Brosse, la Poche. Mais ils ne comprennent pas. Ils ne rient pas pour la bonne affaire. En fait, mon nom, c'est le trou, c'est la brèche, c'est la fente de mon petit corps. La fente qui va se faire malmener quand je serai plus vieille. Mais bon, ils ont tout le temps de rire de moi pour ça.

En tout cas, j'avais envie de pleurer parce que je ne voulais pas être en retard et faire rire de moi. Mais aussi parce que je ne voulais pas rater mon cours d'éducation physique avec mon professeur barbu. Mon professeur qui est si gentil avec moi. Mon professeur qui attache mes chaussures de sport pour ne pas que je me pète la gueule quand on doit tourner en rond dans la grande salle ; en rond comme les fous à l'hôpital psychiatrique, c'est ce que ma grand-mère m'a dit. Ils font tourner les fous en rond à l'hôpital psychiatrique les journées de la semaine pour les occuper, pour ne pas qu'ils pensent à s'entre-tuer ou à tuer leur famille quand ils retourneront à la maison. Je ne voulais pas arriver en retard parce que je voulais courir en rond et que mon professeur barbu vienne attacher mon lacet. Qu'il s'approche de moi et qu'il me regarde avec ses grands yeux noirs gentils, encadrés par ses gros sourcils noirs gentils. Qu'il se penche vers moi et que son épaule frôle mon petit corps. Que je sois moins seule, pour quelques secondes.

J'étais là, en plein milieu de la cuisine, et j'attendais que ma mère vienne me reconduire, mais elle n'en finissait pas de pleurer. Et elle pleurait et pleurait. Et quand elle cessait un peu de sangloter, ma grand-mère repartait de plus belle. Alors là, ma mère s'y remettait. On aurait dit que ma mère et ma grand-mère contenaient toute la peine du monde, ce matin. On aurait dit qu'elles étaient cachées dans une cave, dans un pays en temps de guerre, durant un bombardement, ce matin. Et moi, j'étais toujours là, devant elles, debout avec mon manteau sur le dos à gigoter pour leur témoigner mon empressement, mais rien n'y faisait. Un moment, ma mère qui pleurait comme une vraie nulle s'est levée de sa chaise et m'a prise par la main. Puis elle a pris sa mère aussi par la main et elle nous a couchées dans le lit. Moi entre elle et ma grand-mère, en plein cœur de la tragédie. La meilleure place pour que j'assiste au spectacle, avec le son en Dolby stereo. Et puis toutes les deux se sont remises à pleurer. Et ça coulait et ça mouillait, et moi je voulais encore plus fort m'en aller à l'école. Ce n'était pas ma place d'être là, en plein milieu de cette bulle de pleurs, de cette bulle de folie. Cette maudite bulle étouffante. Cette maudite bulle tuante, remplie de liquide hyper toxique. Cette crisse de bulle toxique d'une famille nucléaire sur le point d'exploser. J'ai explosé et j'ai crevé la bulle. J'ai explosé et j'ai pleuré, et après avoir pleuré, j'ai crié. J'ai grafigné ma grand-mère et ma mère. J'ai voulu arracher leurs yeux afin qu'elles arrêtent de pleurer, afin qu'elles arrêtent de me regarder avec leurs yeux inquiétants. Leurs yeux inquiétants, qui mettent de la peur dans mon ventre tout le temps.

— Môman! Môman! Je t'en supplie! Viens me reconduire à l'école! Viens, je vais être en retard, Môman! Je t'en supplie! Je t'en supplie!

À genoux, les deux mains ensemble.

— Môman! Vite, vite! Dépêche-toi!

Après des secondes aussi longues que des files d'attente chez Steinberg à l'heure du souper, ma mère a essuyé ses larmes, séché ses larmes de folle et s'est extirpée du lit. Elle a mis son imperméable beige tout fripé et est venue me reconduire à l'école. Tout le long du trajet, je marchais super vite. Je courais même par moments, mais ma mère me retenait par la main, sa main molle comme un gâteau qui n'a pas pris, sa main molle comme un gâteau mal cuit.

— Vite vite, Môman! Vite! Je vais être en retard.

Mais elle ne se dépêchait pas plus. Son pas était toujours aussi lent. On aurait dit qu'elle le faisait exprès. Passer l'église Sainte-Marie, qui est mille fois plus grosse que moi, et la taverne remplie de vieux soûlons n'a jamais été aussi long et pénible. Tout le long, je sacrais : *Câlice-d'ostie-de-maudit-tabarnak-de-crisse-de-sacramant-de-calvaire!* et je tirais sur la main de ma mère, sa main aussi molle que de la pâte à chaussons Pillsbury, et je resacrais : *Câlice-de-saint-ciboire-de-saint-calvaire-de-maudite-marde-de-crisse!* Après un temps infini, je suis enfin arrivée à l'école. Mais quand je suis arrivée devant ma classe au deuxième étage, il était trop tard. Les élèves et la maîtresse étaient partis. Il n'y avait personne dans la classe. Non. Personne. Que des chaises, des pupitres, des tableaux et des dessins laids, qui semblaient se moquer de moi. Tout l'univers s'est effondré sous moi. Tout l'intérieur de moi a dégringolé par terre. J'ai entendu le bruit énorme que fait un estomac qui tombe sur le plancher, même s'il est vide. J'ai senti mon cœur glisser sur mes cuisses, puis mes autres organes ont suivi : mon pancréas, mes intestins, mon foie, mes reins. Ma mère me regardait et ne disait rien. Elle était effacée.

— Dis quelque chose, Môman! Dis quelque chose! Aide-moi. Môman! Dis quelque chose! C'est de ta faute, ce qui m'arrive! C'est de ta faute!

Elle ne disait toujours rien. Alors, je lui ai donné des coups de pieds et des coups de poings, à ma mère. J'ai voulu la transpercer tellement j'étais fâchée. Si j'avais eu le sabre au laser de Luke Skywalker, son sabre aussi lumineux qu'une télé dans le noir et aussi bruyant qu'un congélateur, je l'aurais fendue en deux, ma mère, fendue en deux, afin de jeter dans le feu sa face cachée du mal. Mais comme je n'avais pas de sabre, que mes poings, alors je frappais et frappais de toutes mes forces, mais c'était dans le vide. Ma mère était vraiment effacée. Crisse! Ma mère était devenue un hologramme. Pire, ma mère, c'était l'holocauste.

— Je t'haïs, Môman! Je t'haïs, Môman! Si tu savais combien je t'haïs! J'ai mal à mon nombril tellement que je t'haïs! J'ai mal à ma naissance tellement que je t'haïs! J'aurais dû me pendre avec le cordon ombilical dès que je suis sortie de ton ventre de folle! J'aurais dû!

C'est là que mon professeur barbu est passé dans le coin, c'est pendant que je disais ces horribles choses à ma mère qu'il est venu me rejoindre.

— Qu'est-ce qu'il y a? Qu'est-ce qu'il y a, ma petite Sissi? Je me demandais où tu étais passée. J'étais sûr que tu n'allais pas manquer ton cours d'éducation physique…

Il s'est penché vers moi, tout en continuant de me parler.

— Tu aimes ça, hein, ton cours d'éducation physique? T'es bonne en éducation physique, non?

Je savais qu'il essayait de m'occuper, qu'il essayait de me faire penser à autre chose, afin que je me calme. J'ai penché la tête. Je ne voulais pas le regarder dans les yeux. Je ne voulais pas qu'il voie mes yeux quand ils sont fâchés, mes yeux qui lancent du feu. Alors, j'ai regardé mes souliers. Mes beaux souliers Pepsi qui me grandissent de quelques centimètres, qui me rapprochent de quelques centimètres du monde des adultes. Crisse! Je n'ai même pas besoin de me grandir, malgré ma petite taille, j'ai déjà mille ans.

— Viens avec moi, Sissi. Viens.

Il a pris tout doucement ma main et nous avons marché ensemble. J'ai tourné la tête et j'ai regardé ma mère par-dessus mon épaule. Elle restait là, ne bougeait pas. Elle regardait par terre, les deux mains dans les poches de son imperméable beige tout fripé, ses longs cheveux noirs recouvrant sa figure, ses épaules s'écroulant sur son corps maigre. J'ai regardé ma mère comme ça, jusqu'à tant qu'on tourne dans le couloir et que je ne la voie plus. J'aurais souhaité que ce soit le tournant de ma vie. Que ce soit pour de bon.

Mon professeur barbu m'a emmenée dans la salle d'éducation physique. Tous les élèves étaient déjà là, à courir en rond comme des fous à l'hôpital psychiatrique. Puis il m'a aidée à me déshabiller et à enfiler ma tenue d'éducation physique. Il m'a retenue par la main et m'a dit:

— Viens, Sissi! On va courir ensemble.

Alors, moi et mon professeur gentil, on a couru longtemps, longtemps ensemble. Il ne m'a pas lâché la main une seconde, même quand le cours a été terminé, il m'a encore tenu la main et est venu m'aider à me changer de tenue. Quand la maîtresse est arrivée pour nous chercher, nous, sa classe de deuxième année, il m'a gardée quelques secondes de plus dans la salle d'éducation physique. Une fois que la maîtresse et la classe de deuxième année ont commencé à s'éloigner, il m'a regardée longtemps dans les yeux, s'est penché vers moi, puis m'a serrée dans ses bras fort, fort, fort. Et il a dit : *Je sais que c'est dur pour toi, Sissi. Je le sais.* Mon estomac vide a grimpé le long de mon corps et s'est remis à sa place, tout comme mon cœur, mon pancréas, mes intestins, mon foie et mes reins. Les choses ont repris un semblant de normalité. Un semblant de normalité parce que là, ça ne va pas. Devant mon pupitre à la surface plastifiée, égratignée, avec trois brûlures de cigarettes, j'étouffe. Mes poumons renferment trop d'air. On dirait que je suis enterrée dans un tuyau et que j'ai beau le gratter avec mes ongles, le métal est trop résistant. Je commence à respirer de plus en plus fort. Là, il va falloir que je fasse quelque chose. Là, il va falloir que je demande à la classe de préparer mon cercueil ou de m'envoyer à l'infirmerie.

Comme je lève la tête pour dire à la maîtresse que je dois aller à l'infirmerie parce que je suis en train de faire une crise d'asthme, je la vois. Dans la porte. Elle. Encore elle. Elle est là. Dans la vitre. Son visage défait est collé contre la vitre. Ses yeux sont apeurés. Les mouvements de sa tête sont trop rapides pour être normaux. Les mèches de ses cheveux noirs découpent sa figure en lamelles. On dirait qu'elle est en prison, qu'elle est emprisonnée dans le couloir de l'école primaire. Tout à coup, je comprends.

Tout s'éclaire. Les pleurs de ce matin. Ces nuits blanches depuis quelque temps. Les repas qu'elle ne prenait plus. Et hier soir, alors que nous regardions la télé, toutes les deux, elle m'a dit : *Parle à Bernard Derome. Dis-lui que je t'aime. Allez, dis-le à Bernard Derome que je t'aime.* C'était ça qui se tramait. C'était ça. Sa folie commençait à accaparer sa tête. Sa folie qui éclate là, actuellement, dans la petite fenêtre de la porte de la classe de deuxième année.

Tous les autres élèves se retournent et me regardent : *Sissi, ta mère est dans la porte ! Sissi, ta mère est là.* Bien oui, ma mère est là. Trop là. Tout le temps là pour me gâcher la vie, pour me ruiner l'existence, pour faire de ma vie un boulet à traîner comme en ce moment même où elle se met à crier : *Rendez-moi ma fille ! Rendez-moi ma fille ! Bande de Chinois ! Bande de Judas ! Rendez-moi la chair de ma chair ! Dieu voit tout et il va tous vous punir !* Elle crie ces vilaines phrases tout en frappant contre la vitre. Elle frappe de toutes ses forces. Ses longues mains blanches et fines tombent à plat sur la surface vitrée. Chaque coup fait un bruit sec : paf ! paf ! paf ! Chaque coup m'atteint et me transperce comme de gros clous rouillés frappés par un gros marteau rouillé. Et les autres élèves : *Sissi, qu'est-ce qu'elle a, ta mère ? Sissi, qu'est-ce qu'elle a ?* Je voudrais leur crier : *Fermez-la, gang de chieux ! Gang de petits crisses pas bons en dessin ! Bien oui, ma mère n'est pas comme la vôtre ! Bien oui, ma mère est folle ! Qu'est-ce que ça peut bien vous foutre ! Allez donc tous chier ! Allez donc tous vous faire enculer par les mouches !* Mais je ne peux pas parler, je ne peux plus parler. J'ai les poumons dans la bouche et mon sang, qui se débat dans mes veines depuis ce matin, me projette derrière la classe. En fait, tout ce qui est moi me projette derrière la classe : mon sang, mes cheveux, mes grosses dents laides dans ma petite bouche de clown, mes pieds, mes mains. Toute ma carcasse de petite fille de huit ans est maintenant répandue sur le mur derrière, je ne peux plus rien faire, même pas de crise d'asthme. Tout est en arrêt. Le temps est suspendu. Alors, dans un geste ultime, j'ouvre les bras et les mets en croix dans le vide.

Ma mère vient de me crucifier. Elle vient de me crucifier là où on accroche les manteaux. Là où personne ne pourra me voir.

CHAPITRE 5

Borderline

A pervasive pattern of instability of inter-personal relationships, self-image, and affects, and marked impulsivity beginning by early adulthood and present in a variety of contexts.

DSM-IV, *Borderline Personality Disorder*

Je m'étais pourtant dit que j'arrêtais tout. Que j'allais devenir une belle petite fille tranquille. Calme. Pas nerveuse pour deux sous. Que j'allais être sérieuse dans mes études, dans mes amours, dans mes petits souliers. Je m'étais pourtant dit que j'allais renoncer à l'alcool, du moins diminuer à deux-trois-quatre-cinq-six-verres-de-brandy-par-jour. Pas plus. Que j'allais mettre de l'eau dans mon vin et dans ma bière. Que j'allais me mettre en forme, en santé, en beauté. Faire de l'exercice, au moins trois fois par semaine au YMCA, tout en prenant bien soin de laver chaque installation après chaque utilisation, comme le règlement sur le mur l'indique. Je m'étais pourtant dit que j'allais sortir mes vidanges, faire le ménage de mon placard, de mon hangar, de ma mémoire. Aérer mon putain d'univers. Que j'allais me rendre plus agréable avec les autres. Pas de paranoïa pour rien. Étudier la situation avec froideur et objectivité pour ne plus avoir envie de casser la gueule de ceux qui disent du mal des gens qui sont sur l'aide sociale. Que je n'allais plus pleurer en public : dans les parcs, le métro ou dans les centres commerciaux parce que ça dérange ceux qui disent du mal des gens qui sont sur l'aide sociale. Que j'allais faire attention à mon prochain et garder l'autre pour demain. Que j'allais surveiller mon alimentation : ne plus manger de gras saturés parce que ça sature l'estomac. Que j'allais couper les repas au micro-ondes parce que ça laisse un arrière-goût d'Hiroshima. Couper aussi les cochonneries : plus de chocolat, ni de chips, ni de gâteaux Vachon en regardant la télé parce que ça fait enfler du cul. Que j'allais être plus productive : faire plus en moins de temps. J'allais apprendre à conduire une auto, une moto, un autobus, un avion et un paquebot, pour être plus rapide. Que j'allais tenir un journal intime fictif pour dactylographier mes pensées afin de les endiguer, les baliser. Me contenir. Que j'allais être amie avec le monde entier, aimer les chiens, les chats, les immigrées et les extraterrestres ; tout le monde sur le même pied, même les culs-de-jatte. Rappeler mes anciennes et anciens petits compagnons du primaire à qui j'ai fait de la peine dans la cour de l'école pour m'excuser, et s'ils ne se souviennent pas de quoi je parle, leur foutre une baffe pour qu'ils se rappellent. Je m'étais pourtant dit que j'allais faire attention à mon discours, parler politiquement correct : ne plus dire un nègre avec un ghetto blaster, mais une minorité audiovisuelle. Je m'étais pourtant dit que j'arrêtais tout : le soleil de réchauffer, la lune d'éclairer, les nuages de bouger, les montagnes et les hivers de tuer, les océans d'être mouillés. J'arrêtais tout : le nom masculin et l'adverbe, l'adjectif et le pronom. J'arrêtais tout pour être. Mieux. Bonne. Belle. Parfaite. Une chienne. Dans un laboratoire. En train de respirer du monoxyde de carbone.

Oui, je m'étais pourtant dit cela. Il y a un an. Oui… vraiment. Je le jure. Mais il y a eu ce gars, avec ses cheveux bouclés, assis au pied de mon lit, qui mettait ses doigts dans ma bouche. Puis ce gars, avec son sang indien qui tambourinait dans mon ventre. Puis cet autre gars avec sa guitare, trop maigre pour être vrai, qui promenait ses cheveux dans mes yeux. Et cet autre gars qui voulait m'épouser, me faire des enfants, m'acheter un bungalow, une piscine creusée, deux tondeuses à gazon, quatre dobermans et cent vibrateurs, au moins, pour remplacer ce qui lui manquait… Et ces deux gars, en même temps, qui n'en finissaient plus de me caresser sous la lueur or du réverbère.

Et il y a eu cette fille.

Cette fille blonde comme moi qui a embrassé la paume de ma main droite un certain soir alors que nous étions bourrées comme deux filles… bourrées. Cette fille que j'ai connue dans un cours de poésie et que j'attends. Encore. Tout le temps. En ce moment. J'attends.

Je suis assise sur le comptoir de ma pseudo-cuisine dans mon pseudo-loft que je viens de louer avec le pseudo-chum que je viens de me faire et j'attends. Et pour être sûre de ne rien faire d'autre que d'attendre cette fille qui m'a si fatalement marquée, j'ai les deux mains posées bien à plat sur mes cuisses. Et j'attends. C'est une activité constructive que d'attendre. Constructive… parce que, en attendant, je me construis des bateaux dans ma tête, des bateaux et des châteaux en Espagne. De beaux bateaux et de beaux châteaux d'air parce que je suis bonne là-dedans. Je suis bonne en crisse! Ma grand-mère me l'a toujours dit : *T'es bonne en crisse pour raconter des histoires. T'es bonne en crisse pour raconter des histoires qui rendent ta mère folle.* Des histoires qui rendent folle ma mère folle… Je suis bonne là-dedans. J'ai des années d'exercice dans le corps. Je les construis minutieusement, mes bateaux et mes châteaux, avec des clous et des marteaux. J'y mets beaucoup d'efforts et de bave. Mais comme dans l'histoire des trois petits cochons, chaque fois, il y a un énorme coup de vent, ou coup de souffle à l'haleine qui pue, qui vient tout détruire, mais c'est moi qui suis en mille morceaux par terre. Peut-être est-ce parce que je suis une petite cochonne moi aussi? Ça aussi ma grand-mère me l'a souvent dit : *T'es juste une petite vicieuse et une petite cochonne!* Une petite cochonne et une petite vicieuse qui ne faisait que déshabiller ses Barbies dans la maison de Cindy. En fait, ma maison de Cindy, c'était un immense bordel. Un immense bordel dans l'Espagne de ma chambre, comme mes bateaux et mes châteaux en Espagne.

Je ne peux pas dire que mes bateaux et mes châteaux soient mieux que la réalité parce que tout se ressemble. Quand je ferme les yeux, c'est noir. Quand j'ouvre les yeux, c'est noir. Tout est noir. Comme actuellement. Seule la lueur or d'un gros réverbère, qui passe à travers les rideaux, éclaire mon pseudo-loft que j'ai loué pour fourrer. Tout est noir. Comme si j'étais prise dans un des trous noirs de l'espace. Comme si ce trou noir avait gravité autour de moi durant des années et qu'il m'avait, lors d'un moment d'inattention, aspirée. Alors, tout est noir. Tout le temps noir. Sauf ses cheveux blonds à elle, Saffie que j'attends.

Je ne sais pas comment ça va se passer ce soir avec Saffie. Je ne sais pas. Alors, je suis nerveuse et excitée, mais ça ne change rien, car je suis toujours nerveuse et excitée. Ça fait partie de ma personnalité, d'être nerveuse et excitée. De ma personnalité malade ; malade, car j'ai commencé une thérapie, et le thérapeute tout affalé dans son fauteuil m'a dit que j'ai une personnalité malade. Une personnalité qui a la grippe. Non, pire, j'ai un cancer de la personnalité : une boule accrochée en moi et qui se nourrit de mes cellules depuis que je suis toute petite. Et, comme elle n'a pas été soignée à temps, je suis coincée avec elle pour toujours, jusqu'à la fin des temps, jusqu'à ce que mort s'ensuive. Je suis borderline. J'ai un problème de limites. Je ne fais pas de différence entre l'extérieur et l'intérieur. C'est à cause de ma peau qui est à l'envers. C'est à cause de mes nerfs qui sont à fleur de peau. Tout le monde peut voir à l'intérieur de moi, j'ai l'impression. Je suis transparente. D'ailleurs, je suis tellement transparente qu'il faut que je crie pour qu'on me voie. Il faut que je fasse du raffut pour qu'on s'occupe de moi. C'est ce qui fait que je ne sais jamais quand m'arrêter. C'est pour ça que je fais du deux cent milles à l'heure dans la vie. C'est pour ça que tout le monde voudrait me donner une contravention quand je passe dans son salon. Je défonce tout. Les limites sont trop floues. Ma réalité se distend. J'erre dans une sphère qui n'est pas remplie d'air, mais de sexe et de bière. Rien n'est défini dans ma vie : ce que je suis, ce que je ferai, ce que je vaux, ce à quoi je suis : aux hommes, aux filles, aux petits oiseaux. Je procède par élimination. Alors pour ce soir, je dirai que je suis aux deux : aux filles et aux petits oiseaux. Car Saffie arrive. Là, à l'instant. Je l'entends qui monte les marches de l'escalier rose de l'édifice dans lequel j'habite. Elle monte avec entrain. Ça va être une belle soirée.

J'ouvre la porte. Je suis excitée comme une jeune vierge. Saffie entre. Elle est excitée comme une puce sur un poodle. On n'arrête pas de rire. On n'arrête pas de s'interrompre. On n'arrête pas de bouger pour rien. On s'assoit.

— Oh ! Regarde cette toile que j'ai achetée…

On se lève.

On se rassoit.

— Oh ! Regarde cette photo que mon ami a prise…

On se relève.

On se rassoit.

— Oh! Que veux-tu entendre?

— Je ne sais pas? Qu'est-ce que tu as?

— J'ai… et…

On se relève.

On se rassoit.

Ça dure comme ça jusqu'au troisième verre de vin rouge. Soudain. Paf! L'alcool vient de fesser. On reste assises.

Les nouilles sont prêtes. On mange un peu. Fettucine Alfredo. Je la regarde aspirer les longues pâtes qui semblent s'étirer de l'assiette jusqu'à son estomac. Elle est belle, Saffie, je trouve, même la bouche pleine. Moi, je n'ai pas faim. Je mange à peine. Elle me raconte ses amis qu'elle a à Québec, sa famille qu'elle a à Québec, son chien qu'elle a à Québec. Je ne l'écoute presque pas. J'ai trop de difficulté à me concentrer. Je n'arrête pas de penser à elle. C'est étrange. Je n'arrête pas de penser à ce qu'elle m'a dit : *C'est un coup de foudre de filles, ce qu'on a eu.* Je ne sais pas dans quel sens elle a voulu dire ça. Amical? Amoureux? Je ne sais pas, mais ce que je sais, c'est qu'elle m'ébranle, me bouleverse. Elle me renverse en bas de ma chaise, même si je reste assise bien droite en tenant ma fourchette sur laquelle une nouille pend.

Après le souper, on sort. On s'en va dans un bar. On n'a pas tellement le choix, mon pseudo-chum vient d'arriver et il commence à déblatérer ses pseudo-niaiseries. Il n'aime pas Saffie. Ça se sent. S'il ne l'aime pas, c'est qu'il n'aime pas mes choix. Alors moi et Saffie, on s'en va. On descend l'escalier rose de l'édifice dans lequel j'habite. On s'en va dans un bar gai. On ouvre la porte de mon immeuble, on est dans le village gai.

On marche un peu. C'est l'hiver. Il fait un froid de canard, mais je ne sens rien, même si mon manteau est tout ouvert sur la vie. De toute façon, ce soir, j'aurais la cage thoracique défoncée que je ne sentirais rien.

On se trouve un bar coquet, minuscule. On s'installe, l'une en face de l'autre, et on boit. On parle, on rit et on boit. On parle, on rit et on boit. Mais après un moment, je n'en peux plus de regarder ses lèvres trop roses se poser sur son verre de vin rouge.

— Saffie. J'ai envie d'aller à l'hôtel avec toi. J'ai envie de dormir à tes côtés et, demain matin, qu'on mange des œufs pour déjeuner… Des œufs et des toasts, ensemble…

Saffie me sourit.

— Moi aussi.

L'hôtel qu'on trouve est minable. Il a presque l'air d'une station-service. Quand le mec de l'accueil nous voit arriver avec nos gros sabots, deux blondes ensemble, il s'énerve. Il s'excite, il bégaie, il rit pour rien. Il n'arrête pas de nous montrer ses grandes dents de cheval. Je trouve qu'il a l'air ridicule, d'autant plus qu'il laisse tout tomber sur son comptoir. Il est en train de détruire l'hôtel au grand complet tellement il est énervé par notre présence. Après mille et une arabesques, il nous tend enfin les clés de la chambre, en nous faisant un gros sourire, un gros sourire solliciteur. Tu peux toujours t'imaginer, les dents !

La lumière ouverte, la chambre est moche à en pleurer. La lumière fermée, la chambre est magique comme le monde merveilleux de Disney. Chacune notre tour, on va prendre notre douche. Chacune notre tour, on se couche dans le lit. On se sert un peu de vin. J'avais prévu le coup. On boit dans le même verre. Puis, à la même bouteille. Puis, l'une dans la bouche de l'autre. Je prends une gorgée de vin et je la lui verse dans la bouche. Elle prend une gorgée de vin et elle me la verse dans la bouche. Les gorgées deviennent de plus en plus grosses et les bouches s'ouvrent de plus en plus grand. Les langues enfoncent le vin dans la gorge. Je soulève le drap blanc. Son corps est comme le mien. Je n'en reviens pas. Même taille, mêmes seins, mêmes cheveux, mêmes yeux rieurs. Est-ce moi que je touche ? Suis-je en pleine crise narcissique ou quoi ? Suis-je couchée sur un miroir ? Le miroir va-t-il se casser et vais-je me noyer ? C'est dingue, mais tout à coup j'ai peur. Ma gorge se resserre. Saffie dépose sa main sur mon sein et ouvre sa bouche très grand, encore plus grand. Elle se sert de mon œsophage comme s'il s'agissait d'une paille ; elle se sert de mon œsophage pour boire dans mon ventre. Elle boit ma peur. Ses seins se gonflent, à leur contact, les miens aussi. C'est drôle, on dirait quatre ballons qui se touchent.

Je suis maintenant à quatre pattes sur elle et j'embrasse

son ventre. Elle est douce. Les réverbères de la ville éclairent un peu la chambre, je vois son duvet blond. Elle bouge comme si elle se berçait. Ses jambes s'ouvrent, les miennes aussi. On est complètement écartées. Je descends la tête. Ma langue entre dans son nombril, en ressort. Ensuite, ma langue dessine de petits chemins de bave de son nombril jusqu'à ses aines. Nos jambes s'ouvrent encore, elles n'en finissent plus de s'ouvrir, je n'aurais jamais cru que des jambes puissent aller si loin. On dirait qu'on veut se mettre brèche contre trou. Elle émet des gémissements. C'est beau comment elle fait. Je me relève. Je vois ses yeux s'ouvrir. Ses grands yeux de vache. Je me remonte un peu, j'embrasse ses seins. Puis elle embrasse les miens. Je suis tellement excitée que je vais éclater, je vais me répandre partout dans la chambre minable. Je n'en peux plus. J'ai envie d'elle. J'ai envie d'elle à en avoir mal au ventre. Mais quand je m'arrête et que je la regarde, j'ai peur. Encore une fois, peur. Elle me ressemble trop. Il y a quelque chose qui ne va pas. Et si cette fille était mon clone ? Pire, si c'était moi qui étais le sien ? Si j'étais son sujet et qu'elle venait réclamer ce dont elle a besoin parce qu'elle est malade et se sait condamnée ? Si elle était là pour réclamer mon foie, ma rate, mon cœur ? Et si, toute ma vie, je n'avais existé que pour lui sauver la vie ? Si ma fonction était d'être un sac à organes ? Son sac à organes ? Non ! elle ne m'aura pas ! Il n'en est pas question ! Elle ne m'aura pas. Je vais lui lacérer le visage, tellement que personne ne pourra plus jamais la reconnaître. Je vais lui enfoncer mon poing dans la gorge, jusque dans l'estomac. Je vais lui casser la colonne vertébrale en deux. Je vais lui entrer des tessons de bouteille de vin dans le trou… Je vais… Je vais… Arrête de

penser, maudite folle, je me dis. C'est le stress. C'est la nervosité. Ça me fait tout le temps ça quand je me retrouve
dans une nouvelle situation. Regarde-la. Elle ne te veut pas
de mal, elle veut juste que tu la touches. Regarde-la se tortiller, elle veut juste tes caresses. Saffie cligne des yeux et me
sourit. Je lui souris.

Je promène ma main sur son trou et j'enfonce un doigt
dedans. Ensuite deux. Puis trois. Puis presque la main en
entier. Si je pouvais, j'y enfoncerais le poignet, l'avant-bras,
le bras au complet, l'épaule, le torse, le cou, la tête… Je
m'installerais à l'intérieur d'elle. Je fais des ronds dans son
ventre avec mes doigts. J'ai toujours aimé ça, des ronds
dans mon ventre avec des doigts. Je me dis qu'elle aussi
doit aimer ça. Elle émet des cris de chiot qui rêve. J'arrête
tout mouvement et je me lève. Par un bras, je l'attire vers
moi. Elle se retrouve assise, au pied du lit, toute molle,
prête d'un moment à l'autre à s'effondrer, à choir sur le lit.
Mais moi, je veux qu'elle reste droite, et je le lui témoigne
par la force de ma main.

J'écarte ses jambes et j'approche ma bouche de son
trou. C'est la première fois que je fais ça. C'est doux. Je
n'avais jamais été aussi loin avec une fille. Jamais. Son
liquide coule dans ma bouche comme un bonbon sucré.
Son liquide coule sur ma langue et roule sur mon palais
pendant que son odeur s'imprègne dans mon cerveau. Je
suis très excitée. Saffie est très excitée. Assise sur le bord du
lit, elle se tortille comme un chat attaché à une clôture. Je
continue de promener ma langue. Saffie semble tourner
sur elle-même, elle voltige presque dans la chambre. À

quatre pattes, entre ses jambes, je la regarde. Elle caresse ses seins au-dessus de ma tête. Elle caresse fort ses seins, je trouve. Et elle gémit sans cesse, sans jamais reprendre son souffle. Ça m'étourdit. J'ai la tête qui tourne. J'ai mal au ventre. Qu'est-ce qui se passe ? Je continue de faire aller ma langue dans un mouvement mécanique, pendant que je cherche à me cacher dans ma tête. Ça va trop vite. Tout m'énerve. Mes nerfs vont craquer. C'est que j'ai vu une autre fille blonde dans la chambre. Mais une plus petite. J'ai vu une petite fille blonde passer dans la chambre d'hôtel. Trois filles dans une chambre d'hôtel, c'est trop. C'est trop pour moi. Je vais me lever et me sauver d'ici. Il faut que je me lève. J'essaie de m'enlever, mais Saffie attrape ma tête entre ses mains et me la tient emprisonnée. Elle crie.

* * *

Là, c'est calme. Là, c'est silencieux. Elle dort. Je suis perdue. C'était ça faire l'amour à une fille. Juste ça. Ce n'était pas assez. Il m'en manque un bout. Il lui en manque un bout. Après qu'elle a crié, elle a bien essayé de s'occuper de moi. Elle a bien essayé, sauf qu'elle n'avait plus d'énergie, elle n'avait plus d'entrain, et moi ça me fatiguait, je me sentais de trop. Et il y avait trop de bruit dans ma tête pour que je me concentre. Alors je lui ai dit qu'on allait dormir à la place. Elle était d'accord. Là, elle dort. Elle dort et elle ronfle comme une petite fille qui ronfle. Les rideaux de la chambre minable sont entrouverts. Il neige. À travers les gros flocons de neige, je vois la Place Dupuis. Ça me fait penser à l'université. Comment ça va être mardi? Moi. Saffie. Assises l'une à côté de l'autre dans le cours de poésie? Ça me fait penser à tantôt aussi. Je vais rentrer dans mon pseudo-loft et mon pseudo-chum va être là. Il ne va pas m'engueuler parce que je l'ai trompé avec une fille, parce que je lui ai brisé le cœur à cause d'une fille. Non. Il va se la fermer et me baiser. Me baiser parce qu'il aura passé la nuit bandé à penser que sa blonde, la fille qu'il dit aimer plus que tout au monde, s'envoie en l'air avec une autre fille qu'il pourrait aimer plus que tout au monde. Il va me baiser avec force et rage, et ses mouvements vont me calmer. Sa bitte et ses mouvements de va-et-vient vont me calmer. Je vais être en terrain connu et rien ne pourra m'arriver. Après l'amour, il aura les lèvres en sang, tellement il les aura mordues. Moi, les miennes vont être gonflées. Juste gonflées et calmes; calmes parce que je connais les règles du jeu avec les gars. Avec les filles, c'est différent, c'est compliqué. Avec Saffie, les règles du jeu sont toutes mélangées. Saffie, elle veut de l'expérience, elle veut savoir ce que c'est que de tripper avec une autre fille. Et ça, je l'apprendrai à mes dépens, ce n'est qu'une question de temps. Pour l'instant, je fais partie de son expérimentation des choses de la vie. Alors, pour l'instant, Saffie expérimente la vie sur moi. D'ailleurs, j'ai l'impression soudainement que je suis son petit cobaye, et comme dans un laboratoire : chaque chose a son numéro, chaque chose en temps et lieu, comme ça les sentiments sont bien gardés. Tandis que moi, c'est le bordel dans mes sentiments. Je me défais et me refais au fur et à mesure que mes histoires se déroulent. Je suis une fille de cirque sur un fil d'argent, sans filet, sur le bord de tomber. Les limites sont trop floues, je l'ai déjà dit. Je suis borderline.

CHAPITRE 6

Ma grand-mère, des cubes et quelques tests…

Je lui dis que dans mon enfance le malheur
de ma mère a occupé le lieu du rêve. Que le
rêve c'était ma mère et jamais les arbres de
Noël, toujours elle seulement…

MARGUERITE DURAS, *L'Amant*

J'ai sept ans et je marche dans les corridors de l'hôpital Notre-Dame. Ma grand-mère me tient par la main. Sa main serre fort la mienne. Très fort. Si elle ne se retenait pas, je pense qu'elle m'arracherait le bras, la vieille débile. Elle me fait mal et je me plains. *Mémé, j'ai mal!* Mais elle n'entend rien. *Mémé, tu me fais bobo, câlice!* Même si j'ai sacré, elle ne m'entend toujours pas. Mes mots sont restés couverts par le flot constant des phrases qui s'échappent de sa bouche, sorte de grondement. Un tonnerre au-dessus de ma tête. Ma grand-mère marmonne des choses que je n'arrive pas à comprendre. Mais ça n'a pas d'importance, ça doit être des niaiseries qu'elle dit.

— J'en ai déjà assez d'une, pas deux! Non, ils ne l'auront pas! Je vais me battre! Je vais la cacher.
— Qui tu vas cacher, Mémé? Hein, qui?

Elle ne me répond pas. Je m'en fous. On marche vite dans les corridors qui sentent la maladie et la mort de mon grand-père. C'est ici, à l'hôpital Notre-Dame, que mon grand-père est mort. À l'hôpital Notre-Dame, un dimanche après-midi de mai. Il faisait soleil. Je voulais jouer dehors, mais on ne le voulait pas. Il fallait que je reste à l'accueil des soins intensifs. C'étaient les infirmières qui s'occupaient de moi. Je me rappelle. On jouait à la cachette, moi, les infirmières et ma poupée bleue. Ma poupée bleue que m'avait donnée la voisine, la sorcière, un jour que je pleurais sûrement pour avoir une poupée. Ma poupée bleue que j'aimais plus que tout au monde, même plus que mes deux folles de mamans, et qui est morte avec mon grand-père. Après la mort de mon grand-père, après que je suis sortie de l'hôpital tenue par la main par ma mère et ma grand-mère, depuis cette journée-là, je n'ai plus jamais revu ma poupée bleue. Plus jamais.

Chaque fois que je viens voir ma mère, chaque dimanche que je marche dans les couloirs de l'hôpital Notre-Dame, je regarde attentivement au cas où je ne trouverais pas ma poupée. Pourtant, je sais très bien qu'on l'a jetée parce qu'on a eu peur que j'attrape des microbes, mais j'ai toujours espoir qu'elle pourra être ici. Je le sais que c'est une histoire que je me raconte, une histoire parmi les nombreuses histoires que je me raconte. Il y a un sac d'histoires dans ma tête. Un sac rempli de belles histoires où je suis une princesse et on m'apporte tous les jouets de la terre, même la nouvelle Barbie hawaiienne que j'ai vue l'autre jour chez Peoples et que je serais prête à tout pour l'avoir.

Aujourd'hui, il n'y a pas moyen que j'espionne dans les corridors au cas où je ne trouverais pas ma poupée bleue, ma grand-mère marche trop vite, la maudite. Elle marche si vite que j'ai de la difficulté à aller au même rythme qu'elle. Mes pas sont trop petits. Alors, je fais un pas, deux pas et je cours. Et encore un pas, deux pas et je cours. J'ai hâte d'arriver parce que je commence franchement à être fatiguée. D'autant plus que ma grand-mère m'a réveillée très tôt ce matin. Elle m'a réveillée pour me regarder. Tu parles d'un passe-temps ! On s'est assises à la cuisine, l'une en face de l'autre, moi en face de la vieille peau, et elle m'a donné mes vitamines Flintstones. Elle m'en a donné deux que j'ai croquées avec joie. Sont tellement bonnes que je mangerais le pot en entier. Puis j'ai mangé mes Raisin Bran et, tout le long, ma grand-mère m'a regardée, dévisagée, comme si c'était la première fois qu'elle me voyait ou la dernière. J'en avais la chair de poule.

Je suis habituée à aller à l'hôpital Notre-Dame. Très habituée, surtout le dimanche : c'est la journée des visites pour les enfants. Aujourd'hui, on n'est pas dimanche et, pourtant, on est à l'hôpital et on marche dans les corridors. Habituellement, ma grand-mère insiste pour que je mette mon imperméable saumon, que je déteste plus que tout au monde, pour aller voir ma mère. Ma grand-mère dit que je fais propre dedans et que ça fait plaisir à ma mère de me voir le porter. Que l'imperméable lui a coûté un bras et que si je ne le porte pas, c'est parce que je suis méchante et que je veux juste lui faire de la peine, que je veux juste lui faire gaspiller son argent, que l'argent ne pousse pas dans les arbres, que j'exagère tout le temps sur le pain pis le beurre, que j'en demande toujours trop, que je ne suis jamais contente de rien, que je suis paresseuse, que je suis traîneuse, que je suis débauchée, que je n'arriverai à rien dans la vie, que je vais finir sur l'aide sociale avec un mari qui me bat et quatre enfants sur les bras, et blablabla. Ordinairement, quand je viens à l'hôpital, c'est pour que ma mère me voie porter l'imperméable saumon que je déteste énormément.

Quand j'arrive, ma mère couchée dans son lit d'hôpital Notre-Dame s'assoit et me sourit. Elle a l'air d'une junkie, ma mère. Une junkie qui vient juste de recevoir son fix. Son sourire est aussi vitreux que son regard vitreux. Son sourire est blanc aussi, blanc comme sa peau blanche. Ma mère me tend les bras pour que je m'y jette. J'avance tranquillement vers les bras tendus de ma mère, je ne m'y jette jamais. De toute façon, ma mère a l'air si fragile que je pourrais la casser, la déchirer. J'ai l'impression que c'est une affiche de ma mère qu'il y a là, devant moi. Mais pas la bonne affiche. Pas celle quand elle est souriante, quand elle prend un temps fou à se maquiller, quand elle dort jusqu'à deux heures de l'après-midi, quand elle se plaint qu'elle a mal aux pieds à force de ne rien faire. Non, l'autre. L'affiche des jours sombres avec de gros nuages gris.

Les bras de ma mère, sous les néons de l'hôpital, sont couverts de veines bleues. Ses bras sont froids, à ma mère. C'est aussi pour cela que je ne m'y jette pas. Elle est froide, ma mère. Froide et effacée. Mais ce n'est pas de sa faute. C'est à cause de son manque de petits ponts dans le cerveau. C'est ce qu'un médecin m'a raconté. Ça a l'air qu'il y a plein de petits ponts dans notre tête qui font passer les mots d'un endroit à l'autre. Ma mère, elle, quelques fois durant l'année, il lui en manque. Disons que lorsqu'elle entre à l'hôpital Notre-Dame, c'est pour des réparations, des travaux de réfection. Moi, je dirais plutôt que c'est parce que son cerveau fait des free games, à ma mère, c'est pour ça qu'il faut l'enfermer.

On marche toujours dans l'hôpital Notre-Dame, moi et ma grand-mère qui tient toujours aussi solidement ma main. On marche dans l'hôpital, mais pour une fois, je ne reconnais pas les corridors par lesquels on passe. Pourtant, il s'agit bien du pavillon Mailloux, le pavillon des fous. On doit être à un autre étage.

— Mémé, on ne va pas voir Môman?

Elle ne me répond pas et continue de marmonner. Bah! Garde tes secrets pour toi, vieille bitche! Il me semble que ce matin, elle m'a parlé de ma mère. Il me semble. Après que j'ai croqué mes vitamines Flintstones et mangé mes Raisin Bran pour ma régularité, il me semble qu'elle m'a dit qu'on allait voir ma mère. Ou peut-être a-t-elle dit qu'on allait voir si j'étais comme ma mère ou contre ma mère? Je ne me rappelle plus. De toute façon, ma grand-mère me dit tout le temps des niaiseries. Et ce matin, j'étais si fatiguée. J'avais la tête qui déboulait sur la table toutes les deux minutes. Et ma grand-mère qui était assise à côté de moi, à la cuisine, les bras appuyés sur la table blanche et qui me fixait. Elle était nerveuse et moi j'avais si sommeil. Mes yeux se fermaient tout seuls. Et elle qui criait : *Mange tout! Comme ça, ils ne diront pas que je ne te nourris pas. Ils vont voir que tu es en santé. Mange tout!*

C'est la première fois que je me balade dans l'hôpital sans mon imperméable saumon. Je suis contente. Enfin, je suis habillée comme j'aime être habillée : mes jeans noirs avec la guitare d'Elvis tatouée sur la poche droite et mon col roulé noir. En marchant, je veux voir de quoi j'ai l'air dans les vitres, mais c'est la même histoire que pour la poupée bleue, on marche trop vite, calvaire! Alors, je n'ai pas le temps de regarder mon reflet dans les vitres des portes de l'hôpital. Bah! tantôt j'irai aux toilettes et je pourrai me regarder. Longtemps, longtemps.

— Mémé, est-ce que tantôt on va aller à la cafétéria?

Elle ne me répond toujours pas, la vieille pas fine. Aussi bien parler à un plat de pâté chinois, câlice!

— Est-ce qu'on va aller à la cafétéria après, Mémé? Dis oui!

— Après, oui, oui.

Elle a répondu? Si je m'attendais à ça! Je commençais à m'habituer à parler toute seule. De toute façon, je suis habituée à parler toute seule. J'ai des années d'exercice dans le corps. Je passe mes journées à soliloquer. Comme quand je joue avec mes petits bonshommes Fisher Price. Je construis des maisons avec des cubes Lego et j'y loge mes familles de bonshommes Fisher Price, et ils parlent et ils parlent! C'est différent du perpétuel silence qui m'entoure. Sous la grosse lumière jaune sans abat-jour du plafond de la cuisine, c'est toujours le silence. Au moins huit mois par année, le temps que ma mère est internée, et même quand elle n'est pas internée! C'est le silence. Je construis donc, moi, durant ce temps, de petites maisons avec mes cubes Lego et j'y loge toutes mes familles de bonshommes Fisher Price en imaginant que c'est moi que j'y loge avec ma famille et qu'on parle, qu'on est heureux, qu'on sourit, que ma mère n'est pas malade et qu'il y a des fêtes de Noël avec des arbres lumineux et des cadeaux bien enveloppés et beaucoup, beaucoup de monde. L'autre jour, j'ai voulu me construire une maison pour moi avec mes cubes Lego. Mais je n'ai pu me rendre qu'aux chevilles. Je n'avais pas assez de cubes. Je n'ai pas été capable de me construire une maison.

— On arrive. Tiens-toi comme du monde. Pis sois pas nerveuse. Montre-leur pas que t'es nerveuse. C'est toutes des osties de chiennes, murmure ma grand-mère.

Deux femmes se tiennent devant moi et ma grand-mère. Une jeune et une moins jeune. La jeune habillée en brun et beige me sourit beaucoup. L'autre avec un sarrau blanc semble préoccupée. Ma grand-mère lui dit deux mots d'un ton cassant. L'autre femme a l'air encore plus préoccupée. Je ne sais pas ce que ma grand-mère leur a dit parce qu'il y avait comme des flammèches dans ma tête. Ça me fait tout le temps ça quand des gens nouveaux me regardent. Je n'ai pas compris ce que ma grand-mère a dit, mais vu le ton qu'elle a employé, ça ne devait pas être jojo. Ma grand-mère peut être vraiment très bête des fois. J'en sais quelque chose. Elle peut faire fuir tous mes amis avec deux, trois mots. Ils s'en vont tous la tête basse. Il n'y a que moi qui lui tienne tête, à ma grand-mère, mais je me sens mal après.

— Mais, madame, soyez compréhensive. Venez avec moi. Nous allons parler. Il s'agit du bien-être d'une enfant.
— Non, vous ne l'aurez pas, s'agite ma grand-mère.

Et l'enfant, c'est moi, je le sais, mais je ne sais pas quoi faire. La dame veut parler de mon bien-être avec ma grand-mère. Mon bien-être, c'est quoi ça? Veulent-elles me donner un chèque comme à ma mère? Ma mère reçoit toujours des chèques de bien-être et ça la rend bien. Elle sourit. Elle a l'air soulagée. Elle a l'air heureuse. Si c'est ça, si c'est parce qu'on veut me donner à moi aussi un chèque de bien-être, eh bien! ça va être une bonne affaire. Je vais pouvoir m'acheter la Barbie hawaiienne que j'ai vue chez Peoples et aider ma grand-mère, qui dit toujours qu'on va manquer d'argent et qu'on ne pourra pas manger.

Ma grand-mère lâche enfin ma main. Il était temps, j'ai les doigts bleus. Le sang ne circule plus. C'est qu'elle serre fort ma main quand elle est nerveuse. Très fort. Elle ne s'en rend pas compte. La femme qui me sourit me dit de venir avec elle. Je regarde ma grand-mère pour savoir si je peux, mais elle ne cesse pas de regarder dans le vide. Alors, je suis la jeune femme. Nous marchons dans les corridors, elle me pose des questions, elle essaie de m'occuper l'esprit pour ne pas que j'aie peur, je le sais. Elle me demande ce que j'ai mangé ce matin, quel est mon jeu préféré. Elle me dit aussi que j'ai un beau pantalon, un beau pantalon d'Elvis. Elle me demande si je connais Elvis. Et comment que je le connais! Je passe des journées devant le miroir à chanter et à danser comme lui. Je m'imagine que je suis lui, une Big Rock Star, et que tout le monde m'aime et que ma grand-mère me fait tout plein de compliments tellement elle est fière de moi. Et je gagne de l'argent aussi juste à chanter des chansons. Je gagne plein d'argent et je nous fais construire, à moi et à ma grand-mère et à ma mère, une grande maison pour faire des fêtes de Noël. Mais je ne lui dis pas cela, à la femme qui sourit beaucoup. Oh non, je le sais qu'il ne faut pas que je raconte tout aux autres, c'est ce que ma grand-mère m'a dit : *Ne raconte pas tout aux autres, ils risquent de s'en servir contre toi. Toute vérité n'est pas bonne à dire! Et puis ils risquent de penser que tu es folle et t'enfermer comme ils enferment ta mère.* Alors, je me la ferme et je garde mes histoires de Big Rock Star pour moi. De toute façon, je sais que ça fait partie des histoires que je me raconte. Je me raconte trop d'histoires. Tout le temps trop d'histoires. Mon imagination déborde de partout comme les couleurs de mon cahier à colorier.

J'ai mille vies dans ma tête. Mille vies pour m'y réfugier. Mais je ne lui raconte pas ça, à la femme qui me sourit beaucoup. Je lui dis seulement que je connais Elvis parce que ma mère a tous ses disques et que c'est le King des Kings. C'est suffisant.

La femme qui me sourit beaucoup me dit qu'elle s'appelle Aline. Elle me demande c'est quoi mon nom. Sissi. Elle trouve ça beau, elle dit que c'est comme l'impératrice, que c'est un nom de princesse. Tout le monde le dit. Aline m'emmène dans une petite salle très ensoleillée. Tout est blanc : les murs, le plafond, le plancher, les tables, les chaises. Et le soleil qui passe à travers les grandes fenêtres rend la pièce éblouissante, ça me fait mal aux yeux. Il n'y a qu'un grand miroir qui met un peu de couleur dans la pièce. Aline me dit de l'attendre une minute. Elle sort, va dans une autre pièce et revient. Elle a les bras chargés de cubes de toutes les couleurs, de papier, de Prismacolor, de gouaches. Elle me dit qu'on va se faire du fun. Vu le ton qu'elle emploie pour me parler, je sens qu'elle a peur que je me mette à crier que je veux voir ma grand-mère, que je veux m'en aller d'ici. Mais elle a tout faux. Ça va, elle n'a pas besoin d'avoir peur. Elle semble gentille, Aline. Et puis, elle a plein de crayons, de feuilles et de cubes, qu'est-ce que je pourrais demander de mieux ? Ma grand-mère ? Oh ! que non, aujourd'hui, je la trouve tellement débile.

Moi et Aline, on s'installe sur une petite table blanche éblouissante. Là, elle me demande de lui dessiner un plafond. Je lui dessine un plafond. Elle me demande de lui mettre une ampoule, à ce plafond. J'y mets une ampoule, à son plafond. Elle me demande à quoi ça sert une ampoule au juste. Je lui réponds à tenir un plafond. Elle me regarde interloquée. *Ben non, voyons, Aline, ça sert à éclairer le monde.* Elle respire. Elle a l'air soulagée. Là, Aline me dit de lui dessiner une maison et une famille. Moi, je lui fais le gros kit : la famille, la maison, le chat, le chien, la tondeuse à gazon. J'ai juste un peu de misère avec la piscine creusée parce que je commence à manquer de place. Aline regarde mon dessin terminé. Elle a l'air étonnée. C'est que je lui en ai mis plein la vue.

Aline me demande pourquoi le papa est peint tout en rouge et pas les autres personnages. Je lui dis que c'est parce que ma grand-mère lui a lancé une brique et qu'il l'a prise en pleine figure. Là, il est couché par terre assommé. Ses yeux s'agrandissent, à Aline. Je sens qu'elle a de l'intérêt pour mes histoires. Alors là, elle n'a pas fini de m'entendre. Je commence. Et j'en ai pour longtemps.

Une heure, deux heures, trois heures passent et je n'arrête pas de parler. De dessiner et de parler. De dessiner, de mettre des cubes dans de petites sphères et de parler. Et Aline me pose des questions et encore des questions. Mais là, je commence à être tannée. Il me semble que ça fait longtemps que je n'ai pas vu ma grand-mère. Je commence à trouver ça louche. Aline me regarde et me dit :

— Heille ! Il est beau, ton dessin ! Il est beau, ton petit mouton !
— C'est pas un mouton, c'est un Tampax de madame éléphant !

— Ho! Qu'est-ce que tu as, Sissi? Tu es donc bien blanche!

— C'est parce que j'ai mangé du papier de toilette quand j'avais trois ans, câlice!

— Je pense que tu es fatiguée… Tu voudrais voir ta grand-mère, n'est-ce pas?

— Oui.

— Viens avec moi, on va aller la voir. Tu as bien travaillé.

Elle me prend par la main et marche à mes côtés dans les corridors du pavillon Mailloux de l'hôpital Notre-Dame. Sa main est douce et tiède. Sa main est comme une caresse dans ma main. Sa main n'est pas comme celle de ma grand-mère, bourrée d'arthrite et prête à me broyer les jointures. Non. Aline me tient tout doucement la main sans la comprimer, sans m'écraser les doigts. On marche lentement. J'ai le temps de voir dans tous les autres locaux ce qui se passe. Il y a beaucoup d'enfants ici. Mais la plupart font de drôles de têtes : certains se tirent les cheveux en marmonnant des mots étranges. D'autres crient comme s'ils étaient poursuivis par une armée de Martiens. Et d'autres encore ont le regard vitreux de ma mère. Ils ont le même regard que ma mère.

Soudain, on passe devant un petit bureau. Je vois. Ma grand-mère est debout devant la femme de tantôt, qui se tient elle aussi debout derrière son gros pupitre. La pièce est super éclairée. La clarté du jour envahit la pièce si bien que je n'aperçois que les silhouettes des deux femmes. Ma grand-mère lance d'une voix très dure :

— Vous ne l'aurez pas ! Je vais me battre !

Je ressens ses mots et je suis mal à l'aise. Je n'aime pas ça quand ma grand-mère est bête. Je suis gênée pour elle. Je n'aime pas quand elle attire l'attention comme ça.

Aline me dit de m'asseoir sur le banc, là, à côté du bureau. Elle entre dans le bureau où ma grand-mère se trouve et ferme la porte derrière elle. Seulement, la porte se ferme mal et j'entends tout ce qu'elles disent, quand il n'y a pas d'enfants qui crient.

— Mais non, madame… Calmez-vous. Ça fait trois heures que vous vous énervez. Nous avons les résultats, dit la dame.

Aline prend la parole :

— La petite Sissi est une enfant hyperactive… agitée, bien sûr, avec tous les drames qui l'entourent, mais elle est très créative. Et toutes les histoires qu'elle se raconte sont saines et… La folie… comme votre fille… sa mère… internée…

Là, je n'entends plus rien. Il y a des médecins qui passent avec des enfants qui crient. Bande de petits cons. Moi aussi j'ai envie de crier, mais je me retiens.

Je me retiens. Je me retiens.

Je me retiens tellement que je mords l'intérieur de mes joues de toutes mes forces. Je ne veux pas qu'on me garde ici comme on fait avec ma mère. Je ne veux pas. Pourtant, j'ai fait de beaux dessins. Pourtant, j'ai raconté de belles histoires. Pourtant, j'ai fait ce que ma grand-mère m'a dit, je n'ai pas tout raconté aux autres parce qu'ils risquent de s'en servir contre moi. Contre nous, moi, ma grand-mère et ma mère. Contre. Je ne veux plus être ici. Je n'ai rien fait de mal.

Je regarde mes mains, je les mets sur mes yeux et j'appuie fort tout en penchant ma tête contre mes cuisses.

Je chante.

C'est une poulette grise / qui a pondu dans l'église / Elle a pondu un petit coco / pour Sissi qui va faire dodo / Dodiche Dodiche…

CHAPITRE 7

Borderline *(suite)*

Individuals with Borderline Personality Disorder make frantic efforts to avoid real or imagined abandonment. The perception of impending separation or rejection, or the loss of external structure, can lead to profound changes in self-images, affect, cognition, and behavior.

DSM-IV, *Borderline Personality Disorder*

Une semaine a passé et je ne l'ai pas appelée. Je ne sais pas si elle m'a appelée. J'ai arraché le fil du téléphone. Le loft est resté silencieux, presque inhabité. J'ai été seule toute la semaine. Perdue dans mon grand loft. Seule. Le plus clair de mon temps, je l'ai passé assise en plein milieu de l'appartement, à regarder à travers mes immenses fenêtres. J'ai trois immenses fenêtres qui remplissent un mur presque en totalité. Quand il pleut, le jour, la lumière, c'est beau sur ma peau. J'ai l'air de briller. J'ai l'air d'avoir eu chaud. D'avoir baisé et d'avoir eu chaud. Ça fait une semaine que je n'ai pas baisé. Ni avec Saffie. Ni avec mon pseudo-chum. Ni avec personne. Ça fait une semaine que je n'ai pas bu, aussi. Mais là, je trouve que ça a assez duré. J'ai acheté un nouveau fil de téléphone.

— Sissi! Ça fait longtemps que je n'ai pas eu de tes nouvelles. J'ai essayé de t'appeler toute la semaine. Que s'est-il passé? Tu n'es pas venue au cours non plus!
— J'avais besoin de me reposer.
— Mais que s'est-il passé?
— Veux-tu qu'on se voie?
— Attends… j'arrive.

Saffie arrive chez moi. Elle entre sans cogner. Elle entre chez moi comme dans une grange. Elle entre en moi comme dans une grange. Je ne l'accueille pas. Je reste là où je suis, à ma place, assise en plein milieu de mon loft. Assise par terre au milieu de mon royaume tragique. Il ne me manque plus rien qu'une couronne de merde pour être digne de mon nom.

— Sissi, qu'est-ce que tu as?

Saffie me regarde avec des yeux immenses. Je vois tout le blanc autour de ses iris bleus. Elle semble découragée. Elle me regarde comme ma grand-mère cette semaine m'a regardée, ma grand-mère avec qui je me suis chicanée. Ma grand-mère qui m'a traitée de voleuse. Elle pense que je lui ai volé son argent. Trois cents dollars qu'elle a dû flanquer dans un pot à biscuits ou dans son matelas, mais elle ne se donne même pas la peine de fouiller. Non, elle est trop convaincue que c'est moi qui lui ai fait un sale coup. *Tu vas souvent dans ma chambre, pis tu fouilles.* Je fouille! Je fouille! Évidemment que je fouille! Elle cache tout : kleenex, bonbons, photos de famille, revues, calendrier, cigarettes, tout y passe. Du temps que ma mère était en vie, elle cachait sa sacoche dans sa chambre. Si ma mère voulait son argent, elle devait la demander à sa mère. *Maman, je peux-tu avoir mes cennes, je voudrais aller au dépanneur?* Ma grand-mère avait un contrôle absolu de tout. Ma grand-mère, elle est comme ça, elle aime tout contrôler. Ça la rassure, ça la réconforte dans sa vieille peau toute plissée. Elle a l'impression d'être nécessaire. Moi, c'est quand je baise que j'ai l'impression d'être nécessaire.

J'attrape Saffie par un bras. Je veux juste qu'elle se mette en petit bonhomme comme moi, par terre. Qu'elle se recroqueville sur elle et qu'elle se berce, mais Saffie ne comprend pas et ne veut pas. Elle veut des mots, elle veut savoir pourquoi je ne l'ai pas appelée. Pourquoi je l'ai fait niaiser.

— Saffie… tu me fais peur. Tu me fais peur parce que j'ai l'impression d'avoir rencontré mon double et que tu vas me tuer pour prendre ma place. Certaines tribus croient que si on voit son double, c'est parce qu'on va bientôt mourir. Je pense vouloir mourir, mais pas tout de suite. J'ai besoin de préparation, tu comprends?

Non. Elle ne comprend pas et mes propos lui font peur.

— Saffie, lis entre les lignes, je t'en prie. Comprends ce que je dis, il y a un vide dans mon ventre et ce vide, je le remplis de tout ce que je peux trouver. Mais la plupart du temps, ce que je trouve, ce ne sont que des cochonneries. C'est pour ça que j'ai tout le temps peur. C'est pour ça que j'ai peur de toi. Tu fais partie des histoires que je me raconte. Tu alimentes les histoires que je me raconte. Veux-tu savoir de quoi elles ont l'air, les histoires que je me raconte? Ce sont des tragédies qui virent au vinaigre, et tout se termine comme dans un film d'horreur. Et dans mes histoires, je suis toujours celle qui finit la plus amochée.

Ça non plus, elle ne le comprend pas. Elle me regarde toujours interloquée, comme ma grand-mère cette semaine me regardait. *Quoi! tu n'as pas volé l'argent! Je le sais que tu vas souvent dans ma chambre.* Ses yeux peuvent être si méchants, à ma grand-mère. Encore plus méchants quand le temps est gris et les nuages lourds à supporter. *Oui, je le sais que tu l'as volé. Je me demande pourquoi tu me veux autant de mal? Tu veux me faire mourir comme tu as fait mourir ta mère, c'est ça?* Les pièces du HLM sont grises et verdâtres. Le temps est humide, collant. J'ai le cœur gros. *Non! Mémé! Je n'ai rien volé.* Mais elle ne me croit pas. Elle ne m'a jamais crue. Elle ne croit pas non plus que je n'ai pas battu ma mère quand j'avais cinq ans et qu'elle essayait de se sauver. Elle ne me croit pas. En fait, si, je l'ai battue, ma mère, mais je n'ai pas fait exprès. Je le jure! Je n'ai pas fait exprès. Elle voulait aller rejoindre ma grand-mère, qui était partie chercher du lait au dépanneur. Elle voulait aller la rejoindre pieds nus dans des chaussettes, en plein hiver. Et ma grand-mère qui m'avait dit : *Ne la laisse pas sortir. Elle risque de se faire frapper par une voiture.* J'avais si peur et elle, elle était si forte dans sa folie. Et je criais : *Non! Arrête, Môman! Non, arrête!* Ma grand-mère ne m'a pas crue, comme elle ne croit pas que je n'ai pas volé ses trois cents dollars.

— Saffie, on va faire la fête, d'accord? J'en ai envie!

Je me lève. Je place un CD dans le lecteur de CD. Je mets la musique à fond. Smashing Pumpkins à tue-tête. Que les voisins frappent! Ce n'est pas grave. Ça fera quelque chose de concret. Je saute partout. Je danse. Je m'étourdis. Je veux me perdre. M'évanouir dans l'air. Ne plus être. Saffie saute avec moi. Elle n'a pas l'air de savoir pourquoi, mais elle le fait.

— Hé, Saffie. J'ai envie qu'on fasse des choses spéciales, des choses folles.

Elle sourit. Je sens qu'elle prend plaisir à ce jeu de petites filles. Je sors du placard une bouteille de vin que j'avais mise là au cas où… Une semaine que je me retiens, ça va fesser dans le dash! Moi et Saffie, on boit le vin, mais cette fois-ci pas l'une dans la bouche de l'autre, chacune dans son verre. L'œsophage ne servira pas de paille. Puis je fais couler un bain. Et on boit du vin rouge dans le bain. Et pour une fois, depuis une semaine, je me sens bien. Assise dans le bain, toutes les lumières du loft sont éteintes. Il n'y a que le gros réverbère qui éclaire le loft. Le gros réverbère qui donne une teinte or à mon petit royaume. Crisse que c'est beau! Des moments comme ça, je prie tellement pour en avoir plus souvent. Hubert Aquin aurait voulu vivre perpétuellement le moment de l'orgasme, c'est là qu'il se sentait le mieux. Moi, c'est dans un moment comme celui-ci : dans un bain en buvant du vin.

Dans le bain, moi et Saffie, on compare nos seins, aussi bien comparer deux boules de bowling, mais c'est quand même amusant. C'est un drôle de jeu. Ses seins sont vraiment semblables aux miens, peut-être juste un peu plus gros. C'est attirant. J'approche ma main, je touche un peu. Elle se laisse faire. Le problème avec elle, c'est qu'elle se laisse tout le temps faire. Elle n'a pas l'air de prendre beaucoup d'initiatives. Mais enfin…

Après le bain, on fouille dans mon coffre à vêtements et on décide d'enfiler des guêpières noires. En se regardant dans le miroir, on fait les putes. On est pas mal bonnes. On a du potentiel.

— Hé, Sissi, tu sais ce qu'on devrait faire? On devrait une bonne fois se pogner un vieux riche à deux. On se ferait du cash, tu penses pas?

— On pourrait aussi dévaliser une banque. On se ferait peut-être plus de cash, et puis ça irait plus vite!

— Pourquoi tu me réponds si bête?

— As-tu déjà baisé avec quelqu'un que t'aimes pas?

— Non.

— Il faudrait peut-être que tu essaies, tu verrais que c'est pas le fun…

— Pourquoi, ça t'est arrivé souvent?

On se couche dans le lit et on écoute de la musique, un autre disque : Nine Inch Nails. Je lui chante les chansons à l'oreille : *he put the gun into his face… Baaannnngg! So much blood for such a tiny little hole…* Et je remets ça. *I hurt myself today. To see if I still feel.* Elle aime ça. Elle sourit. Et elle rit aussi, d'un petit rire. Elle m'excite, cette fille. Je n'arrête pas de mouiller. D'ailleurs, si ça continue, je vais faire des flaques partout par terre, je vais me répandre, me déverser.

Saffie me regarde avec ses grands yeux de vache. Ses cils sont longs comme des ponts tendus vers moi. Elle attend. Je pense que je ne l'excite pas autant. Je pense qu'elle se laisse seulement porter par notre rencontre. Elle veut voir jusqu'où je peux aller pour elle. Moi aussi, je joue à ce jeu, mais avec les hommes. Je veux toujours savoir jusqu'où ils sont prêts à aller pour moi. Ma grand-mère aussi voulait savoir jusqu'où on était capable d'aller pour elle. Elle testait constamment nos limites. D'ailleurs, elle a tellement testé les limites de ma mère qu'un jour ma mère a pris toutes ses pilules pendant que je regardais *Les Tannants*. Peut-être qu'elle teste encore mes limites actuellement, ma grand-mère? Peut-être qu'elle veut savoir jusqu'où je suis capable d'aller pour elle, en me traitant de voleuse? Faut pas que je pense à ma grand-mère, sinon mon cœur va se comprimer.

Juste comme on commence à faire l'amour, juste comme je commence à la caresser et qu'elle écarte les jambes à l'infini, mon pseudo-chum entre. Il ne devait pas revenir de son pays natal aujourd'hui. Il devait y rester encore au moins une semaine. Il entre et il me surprend la main dans le sac, la main entre les jambes de Saffie, les doigts mouillés par son liquide. Il a bu. Il n'a pas l'air heureux. Mais c'est un bon gars, et pour son grand malheur il m'aime. Alors, il ravale sa douleur. Fait mine d'être détaché. Il hausse les sourcils et nous regarde avec condescendance. Saffie s'habille rapidement et en riant, mais dans son rire j'entends qu'elle est mal à l'aise. Elle enfile ses vêtements à une vitesse vertigineuse. J'enfile, moi aussi, mes vêtements à une vitesse vertigineuse. Mais je pourrais ne pas enfiler mes vêtements. Who cares ? Mon pseudo-chum nous lance un regard globuleux. Ses yeux ne semblent pas regarder à la même place. Il a l'air ridicule, je trouve. En fait, on a tous l'air ridicules dans cette grande pièce à essayer de se cacher. C'est difficile de se cacher dans un loft.

Quand Saffie a fini de se rhabiller, il y a ce moment étrange. Un arrêt dans les gestes, dans les paroles, dans les regards. Un moment auquel je n'ai pas l'impression d'être conviée. Saffie est debout devant mon pseudo-chum. Ils se regardent. Ça dure trente secondes. Peut-être moins, peut-être plus. Je ne sais pas. Je sais seulement qu'il se passe là, à l'instant, quelque chose entre eux. Ils restent silencieux, l'un devant l'autre. Ça fait mal. Ce silence me fait mal. Je voudrais briser ce silence, mais mes lèvres semblent collées ensemble. Il n'y a que mes muscles faciaux qui se contractent. Pourtant, dans ma tête, ça crie si fort. Mais mon cri demeure silencieux. Je sais… ils ne s'aiment pas, pourtant. C'est moi qu'il aime, ce pseudo-chum. Et c'est moi qu'elle aime, Saffie. Lui ne l'aime pas et elle, elle s'en fout. Mais là, on dirait qu'une autre histoire est en train de s'écrire. Une autre histoire avec une autre princesse.

De sa grosse voix, il dit : *On pourrait faire ça à trois. Hein, Sissi? L'impératrice du lit?* Et il répète, toujours avec sa grosse voix, sans me regarder, mais en fixant Saffie : *On pourrait faire ça à trois? Moi. Toi. Et Saffie.* Je ne dis rien. Elle non plus, elle ne dit rien. Devant son silence, je comprends qu'elle voudrait, elle aussi, qu'on fasse ça à trois. Que je mette ma langue dans sa bouche, pendant que lui fouille son trou et barbouille son corps de sa bave. Je comprends cela à travers son silence. Et je comprends aussi qu'elle est et demeurera une séductrice. Elle veut tout le monde pour elle. Tout le monde dans son ventre afin d'être un petit peu rassasiée. Je la regarde. Elle m'écœure. Il m'écœure. Ils m'écœurent. En fait, vous m'écœurez à tous les pronoms. Vous m'écœurez avec tous les articles démonstratifs possibles. Vous m'écœurez tellement que c'est devenu physique et que j'ai envie de cracher partout où je regarde. Baiser à trois! Non. Moi, je ne peux pas faire ça avec eux. Non. Ça serait me mettre la tête sur le billot et taquiner le bourreau. Moi, je ne peux pas regarder Olivier embrasser cette fille qui me ressemble et qui pourrait trop être à ma place. Et je ne peux pas regarder cette fille qui m'a si fatalement marquée toucher Olivier. Non. Même si je sais qu'en temps normal je serais la première nue à plonger dans le lit, même si je sais que ce n'est pas un problème pour moi d'ouvrir les jambes à une, deux, trois, quatre personnes, au monde entier en même temps, là, je ne le peux pas. Il y a trop d'énergie entre Olivier et Saffie pour que ça soit sécuritaire. Il y a trop d'énergie entre eux pour que je reste la première. Et être la deuxième, non merci. J'ai déjà trop donné. Des années à passer derrière ma mère… Là, je ne peux plus. Je ne peux pas. Aussi bien ne plus exister.

Ma bouche s'ouvre très grand. Mes yeux se plissent. Je vois à peine, à travers mes cils, la scène qui se déroule. Saffie reste toujours debout devant l'homme qui disait m'aimer plus que tout au monde. Je me lève. Il faut que je crie. Il faut que je fasse quelque chose pour ne pas être rejetée. Pour ne pas sentir que je suis la laissée-pour-compte. Et les paroles de ma grand-mère qui me reviennent en mémoire : *Si tu cours deux lapins à la fois, tu vas les perdre, tous les deux.* Je suis en train de perdre Saffie. Je suis en train de perdre Olivier, mon pseudo-chum. Je suis en train de perdre ma grand-mère avec son histoire de trois cents dollars volés. Non. Je ne peux pas.

Je me lance à toute vitesse dans mon grand miroir. Mon grand miroir qui me sert quand je fais l'amour. Mon grand miroir qui témoigne de ma présence pendant que je me fais fourrer. Je brise le miroir en mille morceaux. Mon image disparaît, mais je ne suis toujours pas quelqu'un d'autre. Je suis malheureusement encore moi. Rejetée. Rejetée. Rejetée. Rejetée. Rejetée. Rejetée.

Saffie et Olivier se précipitent sur moi. Il y a du sang sur les morceaux de miroir qui restent accrochés au cadre brun. Le sang se répand sur le plancher de bois, puis sur mes bras. Saffie et Olivier tentent de me retenir. Je les pousse. Je leur donne des coups avec mes pieds et mes mains. Je voudrais leur dire qu'ils m'écœurent comme c'est pas permis, mais ma bouche reste toujours aussi ouverte/fermée, elle n'en fait qu'à sa tête. Entêtée, ma bouche. Olivier et Saffie me retiennent solidement. Je ne parviens plus à leur donner des coups de pieds, des gifles. Ils me couchent dans le lit. Ils sont sur moi, tous les deux. Pendant qu'ils sont sur moi, je les entends parler. Je crois les entendre dire : *On va attendre qu'elle dorme et on va faire l'amour. On va faire l'amour. On va faire l'amour, là à côté d'elle, quand elle va dormir…* On dirait deux serpents gluants sur moi. Si je ne fais rien, leurs langues de vipères rouges vont me piquer et je vais être infectée. Finie. Ma force quintuple. Je suis Goldorak. Je suis immense et faite tout en métal : *fulguro-poing*. Je me déprends et réussis à atteindre la porte. Je dégringole l'escalier rose de l'édifice dans lequel j'habite… j'habitais. Car je n'y reviendrai plus. Je ne remettrai plus jamais les pieds sur ce plancher de perversion. Je ne respirerai plus entre ses murs des lamentations. Je m'en vais. Je quitte cet endroit qui n'a jamais été ma maison de toute façon.

Je marche. *Il pleut des rats.* Même si c'est l'hiver, il fait chaud depuis une semaine : huit degrés en janvier, ça compte. Le temps va tout de travers. Il va de travers comme un vieux réfrigérateur. Moi aussi je vais de travers comme un vieux réfrigérateur. Ma mère aussi allait selon le temps. Cyclothymique. Il ne faisait pas beau, ma mère n'était pas belle à voir. Il faisait beau, elle m'achetait toutes les Barbies de la terre.

Je suis toute trempée. Je marche sans réfléchir. Par réflexe, mes pas me mènent à la maison de ma grand-mère. Ma grand-mère. Ma seule famille qui passe son temps à me renier. Ma grand-mère qui vient de m'accuser de vol. Ma grand-mère qui n'est pas toujours gentille avec moi. Arrivée devant sa petite maison aux bordures couleur saumon, je m'assois sur le perron en indien face à la porte et j'attends. Je ne me sens pas prête à entrer tout de suite. J'ai peur qu'elle me dise de partir : je ne suis jamais prête pour ça. Alors, je reste assise en indien devant la porte saumon et j'attends. J'en ai pour longtemps.

C'est une pluie diluvienne ce soir. Et puis il commence à faire froid. L'hiver a décidé de redevenir l'hiver ce soir, alors que je suis dehors. Alors que je suis assise dans la neige sur le perron. La pluie imprègne mes vêtements. Je suis trempée comme un restant de beignet dans l'eau de vaisselle. Je vais être malade. Je tremble de partout.

Soudain, ma grand-mère ouvre la porte. Sans rien dire, elle me prend le bras et tire. J'entre dans la maison. Je grelotte. J'ai tellement froid. Ma grand-mère m'aide à enlever mes vêtements trempés. Je me retrouve en guêpière noire, toute mouillée devant elle. Ma grand-mère voit que je me suis blessée. Il y a du sang et des petits morceaux de miroir collés sur mon épaule. Elle me dit de me coucher. Je commence à être mieux là étendue sur le divan. Je commence à reprendre des couleurs. Ma grand-mère vient me rejoindre. Elle nettoie ma plaie avec une débarbouillette. Puis me tend un petit verre de vin rouge.

— Tiens, ça va te remettre.

Si elle savait, le vin rouge ne me remet pas, mais m'enfonce. Mais bon. Je bois le vin. Je me remets à avoir mal au cœur, et avec le mal de cœur il me revient des images de tantôt. Que peuvent-ils bien faire tous les deux dans le loft ? Ils doivent se réjouir et baiser. Ils doivent trouver que je suis folle, folle comme ma mère folle, et que je devrais prendre des pilules, moi aussi, comme ma mère folle pour en finir avec la vie. Je m'ébroue. Je ne veux pas penser. Je veux m'endormir.

Le lendemain matin, je me réveille en sursaut. Un bruit qui m'est familier me réveille. Ma grand-mère est en train de laver la vaisselle. Elle lave la vaisselle comme une maudite enragée, comme quand j'étais petite. Je suis rassurée, je me sens bien. Mais pas trop. J'ai peur qu'elle m'accuse encore de vol. Je m'assois sur le divan. Dès qu'elle s'aperçoit que je suis réveillée, elle vient me porter un café dans lequel elle a mis beaucoup de sucre et un peu de lait. Un café comme je les aimais avant, avant que je devienne compliquée et que je le boive noir pour souffrir, maigrir, avoir du style.

Assise sur le divan, je bois mon café à petites gorgées. Ma grand-mère s'installe, à côté de moi, sur sa chaise berçante et se berce. Il n'y a que le bruit de la chaise qu'on entend dans la maison ; le bruit de la chaise et de la pluie qui s'énerve toujours dehors.

— As-tu faim ?

Je lui réponds non, même si j'ai les tripes qui crient comme des défoncées. J'ai peur qu'elle me dise qu'en plus de lui voler son argent, je lui prends sa bouffe.

— Tu sais… les trois cents dollars, je les ai retrouvés. Je les avais mis derrière mes rideaux.

Puis elle se berce encore plus fort. Elle est nerveuse. Le temps est gris. La pluie tombe plus fort. Elle recouvre toutes les fenêtres dans la maison. La pluie à travers les fenêtres projette des rigoles sur les murs et sur ma grand-mère. On dirait qu'il y a un film projeté sur elle. Un film avec des acteurs flous.

— Il ne faut pas que tu m'en veuilles… je suis vieille et tu es ma seule famille.

Elle ne rajoute rien d'autre. Elle regarde dans le vide et se berce maintenant un peu plus calmement. Je ne parle pas, moi non plus. Je bois mon café à petites gorgées. C'est chaud et sucré.

CHAPITRE 8

Games without frontiers

Je suis resté assis sur mon lit très longtemps.
Assis, comme ça, longtemps, longtemps.
J'avais quelque chose de cassé à l'intérieur,
je sentais ça dans mon ventre et je savais pas
quoi faire. Alors je m'ai couché par terre.
J'ai tendu le doigt avec lequel faut pas mon-
trer et je l'ai appuyé contre ma tête. Et puis
j'ai fait poum avec mon pouce et je m'ai tué.
HOWARD BUTEN, *Quand j'avais cinq ans,*
je m'ai tué

J'ai cinq ans et je suis couchée dans le lit de ma grand-
mère. Je me fais garder. Ma mère est partie voir un combat
de lutte au centre Guy-Robillard ou Marcel-Robillard ou
Jean-Marc-Robillard. Je ne sais pas trop. Je ne retiens pas

ces choses-là. Ce que je retiens, c'est Maman, Mémé, mon chien Ponpon, mon chat Magamarou, ma poupée bleue, la crème glacée trois couleurs et les jouets chez Peoples. Je retiens aussi que je ne dois pas trop faire chier ma grand-mère quand ma mère va voir des combats de lutte au centre Pierre, Jean, Jacques-Robillard, sinon c'est moi qui ai droit au marteau-pilon et à la bedaine chaude.

Ma mère est partie voir un combat de lutte avec mon père. Avec mon père qui n'est pas mon père. En fait, elle est partie avec mon beau-père, mon beau-père qui n'est pas encore mon beau-père non plus, du moins officiellement. Il le sera dans un an. Ils se marieront et n'auront pas beau-coup d'enfants. Juste moi. Ils trouveront que c'est suffisant. Ils trouveront que c'est assez. J'en vaux dix, c'est ce qu'ils diront. Ils se marieront et je serai là. Éparpillée un peu par-tout, sous les néons, dans la salle trop grande du palais de justice. Habillée en belle petite bouquetière. Ma robe sera jaune, même si j'ai horreur du jaune. J'aurai des fleurs dans les cheveux, même si j'ai horreur des fleurs dans les che-veux parce que je ne suis pas peace and love comme ma mère quand elle prend ses antidépresseurs. Dans mes mains aussi j'aurai des fleurs, de belles petites fleurs rouges et jaunes que j'aurai envie de bouffer tout le long de la céré-monie pour que ça passe plus vite. C'est moi qui serai cen-sée tenir les anneaux de mariage, c'est ce qu'ils m'auront dit, les morons, sauf que lorsque ce sera le temps de tenir les maudits anneaux de mariage, ils me les enlèveront. Des morons, que je dis. Ils m'enlèveront les anneaux de peur que je les perde à cause de mes nerfs. Parce que je suis un paquet de nerfs, parce que je bouge tout le temps, que je crie tout le temps et que je ris à gorge déployée tout le temps. Ha! ha! ha! Trop fort. La bouche grande ouverte, j'alerte la terre entière de ma présence. Heille! Vous autres, je suis là! Occupez-vous de moi! Occupez-vous de moi, avant que je fasse un malheur. Regardez, ma bouche est si grande ouverte que je pourrais avaler la terre entière d'une seule bouchée. Mes gestes sont si brusques que je pourrais décrocher toutes les étoiles du ciel et les faire tomber nulle part. Et mes cris sont si aigus que je briserais tous les cristaux de la galaxie si on ne me disait pas tout le temps: *Chut! chut! Tu vas déranger les voisins.* Ça, on me le dit au moins quatre-vingt-dix fois par jour. On me le dit tellement souvent qu'il m'arrive d'avaler mes cris pour empêcher la cassette de repartir. Mais même si j'avale mes cris, je reste énervée. C'est ma marque de commerce. Et malheureusement pour eux, ils ne peuvent pas m'échanger contre deux boîtes de la marque concurrente. Ils sont pris avec moi. Bien fait pour eux. Je suis nerveuse. C'est écrit sur mon front et sur ma peau. Je suis aussi énervée que le petit caniche qu'on m'avait acheté l'année dernière. Un beau petit caniche qui jappait quand on disait son nom: Ponpon. Wouf! wouf! Un beau petit caniche jaune qui courait partout derrière moi et qui criait avec moi. Moi et le chien, on s'encourageait. Être avec lui, c'était comme dans les marathons quand tout le monde crie: *Allez-y! Allez-y! Go! Go!* Alors, on en avait pour des heures. Des heures et des heures de plaisir, pills not included. Mais un jour, ils en ont eu assez, les morons, et ils se sont débarrassés du chien. Et pour que ça glisse comme du beurre dans la poêle, ils m'ont dit que le chien s'était sauvé pour retrouver sa maman. Façon détournée de me dire qu'ils l'avaient fait tuer à la SPCA, là où sa mère avait probablement été tuée, elle aussi. En tout cas, que le chien soit là ou non, ça ne me décourage pas, je continue d'être énervée et d'énerver les autres. De mener du bruit avec des chaudrons, des ballons et des cloches. De parler en même temps que tout le monde et super fort, de manière qu'on se taise et m'écoute. Et de courir, de courir à en faire des trous dans le plancher, de courir à en perdre haleine derrière moi. J'aime ça courir, j'aime ça et je suis super bonne parce que je vais très vite. Je vais plus vite qu'une comète, c'est ce que ma mère me dit quand elle vient de prendre ses antidépresseurs. *Tu cours super vite, Sissi! Tu cours plus vite qu'une comète,* me dit-elle avec un sourire niais et des yeux globuleux. Quand elle me le dit, moi, ça m'encourage et je redouble d'ardeur. Ma grand-mère, elle, elle ne me dit pas que je cours comme une comète. Non. Elle me dit: *Si t'arrête pas de courir comme ça, les voisins d'en bas vont se plaindre et on va nous jeter à la porte. On n'aura plus de maison et on devra rester dans la rue. C'est-tu ça que tu veux?* Bah, je m'en fiche de ce qu'elle me dit, ma grand-mère, et je continue de courir de plus belle. Quelquefois, il m'arrive de courir et de me garrocher sur le mur, je ne sais pas trop pourquoi, mais je le fais. Je le fais peut-être pour m'étourdir. Parce que quand je suis sonnée, je trouve que ça passe le temps, je trouve que ça passe plus vite. Il faut dire que chez moi le temps semble s'agglutiner dans le salon et les heures forment un épais brouillard autour de chaque corps. C'est lourd. Je me lève et puis j'ai déjà envie de me rendormir. J'ai beau avoir cinq ans, mais je m'en aperçois, que tout est au ralenti, je ne suis pas con, je ne suis pas stupide. Je ne suis pas sur les antidépresseurs, moi. J'ai un plafond dans la tête, moi. Alors, je le vois bien que ça ne passe pas vite et que tout le monde s'emmerde. Chez moi, la vie n'est pas un long fleuve tranquille, mais un lac artificiel rempli de BPC. Stagnant, le lac. Je les vois, mes parents, mes deux mamans, elles semblent arrêtées dans l'espace. Elles sont comme des ombres chinoises, sombres, les bras et les jambes crispés, toujours au ralenti. Je les vois, elles regardent dans le vide sans jamais se parler, sans jamais me parler. L'image est en arrêt. Le magnétoscope de ma famille est perpétuellement sur Pause. Mais alors là, quand je suis tannante, tout le monde sort de sa léthargie et s'empresse de s'occuper de moi. Je me mets sur Fast Forward et je fais de l'action dans la maison. Une vraie Arnold Schwarzenegger en jupon. Fuck you, you bloody asshole! Armée de mon bazooka imaginaire, je tire sur toutes les choses qui m'entourent pour les mettre dans toutes sortes de positions bizarres afin qu'elles ne m'avalent pas. Car tout est tellement énorme ici. Je casse un verre, ma mère hurle à s'en fendre l'âme et se met à brailler. Je fais tomber un rideau, ma grand-mère crie que je le fais exprès, que je veux tout briser pour leur faire de la peine. Oui, si je le pouvais, je détruirais tout. Je piétinerais cette maudite maison de carton remplie de coquerelles. J'écrabouillerais la chambre de ma mère qui renferme un drame. Je réduirais en mille miettes tous ces vilains meubles décatis qui m'empêchent de courir jusqu'à l'infini. Mais comme je ne peux pas, alors je cours presque sur place.

Quand je cours et que je me projette contre les murs, ma mère, ça l'énerve super fort. Sauf qu'elle m'aime et qu'elle me laisse faire. Ma mère m'aime plus que tout au monde. Je le sais et j'en profite. Je veux une poupée, je l'ai.

Je veux un Big Mac, je l'ai. Je veux regarder la télé jusqu'à m'étouffer, je regarde la télé jusqu'à m'étouffer. J'en profite beaucoup de ma mère, même peut-être trop. Ma mère a peur de moi. Faut dire que ma mère a peur de tout. Ma mère est une victime. Si elle était un animal, elle serait l'agneau qui se fait bouffer par un lion. Si elle était une Russe, elle resterait à Tchernobyl à deux pas de la centrale nucléaire. Dans un film d'horreur, elle serait la première à se faire couper la tête et les quatre membres, et à se faire sortir les intestins par l'énorme monstre vert et gluant. Elle est comme ça, ma mère, elle a autant de personnalité qu'une débarbouillette. Mais moi, je ne suis pas une victime, je ne suis pas le ver qu'on accroche au bout de l'hameçon pour attirer le gros poisson, alors je lui fais peur, à ma mère. Et d'aplomb. Elle a peur de mes cris et de mes pleurs. Quand je pleure et je crie, elle a peur que les autres disent qu'elle n'est pas une bonne mère et qu'elle me bat. Elle a peur que les voisins envoient la DPJ et que la DPJ me mette dans son fourgon d'enfants maltraités. Elle a peur de se ramasser en cour, puis en prison, dans une cellule remplie de femmes aux femmes et qu'elle soit leur esclave sexuelle. Elle a peur de ça, ma mère, c'est pour ça qu'elle me laisse faire tout ce que je veux. Et avec deux antidépresseurs derrière la cravate, ça aide à oublier, ça aide à ne plus avoir peur, ça aide à sourire à la vie. Ma mère sourit.

Mais bien que ma mère ait peur de moi, elle a encore plus peur de sa mère, ma grand-mère. Ma grand-mère lui fait peur parce qu'elle exige tout d'elle. En fait, ma grand-mère exige toute la vie de ma mère. Mais pour le mariage, ma grand-mère ratera son coup. Elle ne voudra pas que sa fille se marie. Mais pour la seule et unique fois, ma mère ne l'écoutera pas. Ma mère voudra que j'aie un père. Parce que, pensera-t-elle, ce sera sain pour une petite fille comme moi d'avoir une véritable famille. Ce sera bon pour mes nerfs. Je serai peut-être plus calme et plus équilibrée. C'est toujours bon, se dira-t-elle, pour une petite fille nerveuse d'avoir une famille unie. Unie! Unie! Aussi unie que les familles religieuses sur les calendriers religieux accrochés aux murs où je me projette. Je veux être unie. Je veux être unie. Avoir une famille sera si bon pour mon équilibre qu'un jour je pourrai me promener en fildefériste sur les garde-fous du pont Jacques-Cartier, en décidant quand tomber. C'est-tu pas merveilleux !

Mais là, un an avant le mariage de ma mère et de mon beau-père, je suis couchée dans le lit de ma grand-mère et je me fais garder. Toute la soirée, j'ai regardé la télé, mais là, je suis tannée. D'habitude, je peux regarder la télé super longtemps : *Cinéquiz*, *Perdus dans l'espace*, *Fanfreluche*, *Picotine*, les annonces, même les émissions de cuisine. Tout y passe, à cinq ans je suis une vraie TV addict qui carbure aux potins artistiques et à la poutine hollywoodienne. Disons que j'aime ça en crisse, la télé ! Mais ce soir, je me suis tannée très vite de regarder la télé, je me suis tannée très vite à cause de ma grand-mère. Ce soir, elle est de mauvais poil, elle est en beau calvaire. Ce soir, elle n'arrête pas de chialer, la vieille maudite, et ça m'agace.

— Pourquoi est-ce qu'il l'emmène voir la lutte ? C'est un sport de fou. Ça va l'énerver. Pis ensuite, elle va faire une dépression et c'est pas lui qui va s'en occuper ! C'est un fou! C'est juste un ostie de fou! Pourquoi est-ce qu'elle aime cet homme-là? Il lui veut juste du mal. Pis elle est même pas capable de s'en apercevoir, crie ma grand-mère.

Depuis que je suis arrivée, c'est comme ça. Et elle en met. Elle beurre épais. Sa tartine de reproches est aussi grosse que l'Empire State Building. Si elle continue, sa tartine de reproches va devenir si haute qu'elle va percer le nuage où Dieu est assis. Il va se la prendre dans le cul, la tartine, Dieu.

— Quand va-t-elle comprendre qu'elle n'est pas faite pour ça, le mariage, la famille, avoir un appartement? Elle est toujours malade et puis elle a tellement mal aux pieds, elle ne peut pas passer ses journées debout à faire le ménage et à cuisiner pour ce gros porc-là! hurle-t-elle.

Toute la soirée à entendre ça. Il n'y avait pas moyen que je me concentre pour regarder la télé. Non mais, je n'ai pas de pouvoirs surnaturels, moi. Je ne suis pas capable de faire abstraction de ce qui m'entoure, moi. Tout me dérange facilement, moi. Câlice, elle devrait le savoir! J'ai de la misère à rester concentrée plus d'une minute sur la même affaire, elle devrait se le rappeler. Maudit! Là, couchée dans le lit de ma grand-mère, je suis super fâchée, je suis hyper en câlice! Je suis bleue, je suis bleu blanc rouge de colère. J'ai mon drapeau de la France sorti, alors c'est à mon tour de bougonner. D'ailleurs, si elle se repointe, la Mémé, je vais lui vomir mon camembert sur la tête.

Elle se repointe.

— Ferme ta gueule !

— Quoi ?

— J'ai dit ferme ta gueule, vieille câlice !

— Quoi ? Est-ce que j'ai bien compris ?

— J'ai dit ferme ta gueule, vieille câlice !

— Tu oses me dire ça ! T'es méchante en crisse ! T'es contente, hein, quand je m'inquiète ? T'es contente, hein, quand ça va mal ?

— Arrête ! Arrête ! Arrête !

— Je suis chez moi ici et si je veux, je vais continuer toute la nuit !

— Arrête ! J'en peux pus !

— Si t'es méchante comme ça, je vais appeler ton vrai papa, Papa Méchant. Il va t'emmener chez lui, là où il reste avec sa pute, et ça ne va pas être drôle.

Là, je pleure. Là, je crie. Là, c'est pour de bon. Pourquoi est-ce qu'elle dit ça : Papa Méchant ? Pourquoi ? Mon corps tremble comme si j'étais assise sur une sécheuse. Je tremble à m'en décrocher les taches de son, les ongles et les dents. Je tremble comme une débile, mais je ne sais pas si c'est parce que je ne suis qu'en petite camisole et petite culotte blanches ou parce que la vieille pas fine a dit Papa Méchant et que ça résonne en stéréo dans ma tête : Papa Méchant, Papa Méchant, Papa Méchant, et qu'il me fait plus peur que le Bonhomme Sept-Heures, plus peur que King Kong, plus peur que le streptocoque de type A.

C'est qu'il est arrivé quelque chose de grave la semaine dernière. Quelque chose de très grave. Grave comme une note de contrebasse. Grave comme une explosion dans une garderie. Grave comme une petite fille qui se noie dans une piscine un dimanche après-midi. On marchait rue Ontario, moi et mes deux mamans, tranquillement, moi entre les deux, tenue par les mains. Les bras dans les airs comme une athlète olympique qui vient de finir son épreuve. À ce moment-là, je devais sûrement penser aux jouets qu'on venait de m'acheter et au bonheur que j'aurais de m'amuser avec eux, lorsqu'un homme est arrivé. Je ne l'ai pas vu, mais je l'ai senti. J'ai senti à travers la main de ma mère l'énervement. Il ne m'en fallait pas plus. J'ai su que j'étais en danger. J'ai voulu qu'on me lâche les mains parce que je voulais me sauver, mais on me les tenait trop bien. Les bras en croix toujours. Offerte. L'homme a penché la tête vers moi. Je savais qui c'était même si je ne voyais qu'une ombre noire. Une ombre noire qui souriait, car il souriait, j'en suis sûre. Il a dit deux, trois mots, je n'ai rien compris. Je criais déjà. Et il y avait tellement de flamm-mèches et de flammes autour de moi, comme si on avait mis un cerceau de feu pour me retenir, m'empêcher de m'enfuir. Alors, je me suis mise à me tortiller sur moi-même en vraie petite possédée, semblable à la petite fille dans le film *The Exorcist*. Je pense même qu'un moment ma tête s'est complètement retournée et j'ai vu dans mon dos. J'ai vu les gens qui s'amassaient et qui parlaient entre eux. J'ai vu la police arriver. J'ai vu les poissons chez le marchand de poissons. Ils se sont mis à danser et à se moquer de moi. Et parce qu'ils bougeaient, les poissons, ça s'est mis à puer. Et ça puait. Et l'odeur m'a fait tourner de l'œil. L'homme est venu regarder ma figure dans mon dos. Mes genoux ont lâché. Je ne voulais pas qu'il m'emmène avec lui, Papa Méchant.

Depuis que j'ai deux ans, ma grand-mère me dit qu'il est méchant et que si je ne suis pas gentille, il va m'emmener avec lui. Trois ans à se faire rentrer ça dans le cerveau, ça cause des dommages, ça cause des séquelles, ça cause des effets secondaires. Non, il ne fallait pas qu'il m'emmène avec lui. Non. J'avais été gentille, il me semble.

— Je veux voir ma petite fille, a-t-il dit de sa grosse voix de Papa Méchant.

— Tu ne vois pas qu'elle est en train de faire une crise de nerfs ! Tu lui fais peur. Va-t'en ! Va-t'en ou je te fais arrêter par la police, a crié ma grand-mère.

J'entendais ce qu'ils disaient, mais on aurait dit que tout le monde parlait dans l'eau. Et je me suis mise à penser que ça y était, on était tous devenus des poissons. Montréal était un immense bassin. Et moi, j'étais un petit poisson rouge, mais gris, qui a perdu toutes ses écailles rouges à cause de la nervosité. Papa Méchant, lui, c'était un gros poisson-chat super méchant, comme le gros poisson-chat dans *Demetan*. Le gros poisson-chat allait m'emmener avec lui et m'attacher les bras et les jambes en croix avec de grandes lianes, et il allait sortir mon nombril et l'attacher, lui aussi, avec une grande liane à un arbre.

Mes deux mamans se sont mises à marcher vite. Les jambes trop molles pour me supporter, je n'arrivais pas à suivre. Alors, elles m'ont traînée jusqu'à la maison. Elles m'ont fait monter en courant l'escalier qui mène à l'appartement. J'ai senti chaque marche sur mon ventre et mes cuisses. Même à l'abri, loin du Papa Méchant, je continuais de trembler et de suffoquer. Ma grand-mère a pris les choses en mains. Elle m'a saisie à bout de bras et m'a foutue dans le bain, m'a immergée dans l'eau du bain. L'eau était très chaude, mais pourtant je la sentais glacée. J'entendais ma mère pleurer dans sa chambre des lamentations. Elle pleurait comme elle pleure chaque fois qu'elle oublie de prendre ses antidépresseurs. Ses pleurs ressemblent à de longues plaintes, ils s'étirent comme de la guimauve chaude dans l'espace. Ses pleurs sont semblables aux gémissements d'une personne qui vient de se suicider et qu'on tente de réanimer. Ses gémissements ressemblent à ceux qu'elle aura dans six ans, couchée dans son lit, dans une autre chambre des lamentations.

Le docteur Coallier est arrivé. Je ne l'ai même pas vu entrer. Il m'a regardée à travers ses lunettes qui reflètent toujours toutes les lumières de la maison. Encore une fois, je n'ai pas vu ses yeux. Il m'a regardée, a dit quelques mots et ma grand-mère m'a retournée. J'ai senti un pincement dans ma fesse droite. Tout est devenu au ralenti. J'ai entendu : *Criisee dee neerfs. Criiiseee deee neeerfs. Criiiiseeeeuu deeeeuuu neeeeeuuurfs.* Et j'ai pensé qu'un petit poisson n'a pas le même système nerveux que les humains, ils l'ont dit l'autre jour à la télé, donc il ne peut pas faire de crise de nerfs. Puis j'ai senti le couvre-lit jaune pipi de ma grand-mère. La couverture si molle et si douce. J'ai vu aussi, comme dans un film, la moustiquaire de la fenêtre de la chambre de ma grand-mère. La moustiquaire qui empêche les mouches d'entrer et les coquerelles de sortir. Puis tout s'est transformé en eau. Montréal est devenu un grand bassin. Et j'ai nagé dans l'eau. J'ai nagé et j'ai nagé !

— Câlice! T'as pas le droit de dire ça! C'est toi qui es méchante! Méchante! Méchante! Aussi méchante que la belle-mère de Cendrillon! Aussi méchante que la bonne femme Olson dans *La Petite Maison dans la prairie*!

Ma grand-mère cesse de parler. Elle a compris qu'elle est peut-être allée trop loin. Elle va s'asseoir dans son salon, dans l'obscurité et le silence. Elle me laisse là, dans son lit. Couchée sur son couvre-lit jaune pipi.

Après un moment, je me tanne de pleurer parce que ça bloque mon nez, et l'une des choses que je hais le plus au monde, c'est d'avoir le nez bloqué. Alors, j'arrête de pleurer et je pense à autre chose. Je pense à ma mère qui, même si elle était là, en ce moment, ne ferait rien, car elle a peur de sa mère. Je pense à mon futur beau-père qui m'a promis de m'emmener faire des tours de cheval, et ça me tente super gros de faire des tours de cheval. Je pense à son auto aussi. Combien j'aime ça me coucher sur la banquette arrière, le soir, quand on se promène, et m'endormir en regardant la lumière des réverbères. Couchée, bercée, en sécurité. Je pense à plein de choses comme ça et le temps passe, toujours aussi lent. Toujours aussi tuant. Puis je me lève et vais retrouver ma grand-mère. Je n'ai plus envie d'être toute seule. J'ai envie qu'on s'occupe de moi. J'ai envie d'être deux. Alors, je pile sur mon orgueil et je vais retrouver ma grand-mère. Il y a des fois où j'ai tellement envie de me sentir avec les autres que je me transformerais en Krishna avec les cheveux rasés et des grelots aux orteils juste pour ne pas être seule. Je suis comme ça. Je suis une petite bête domestiquée. On m'a apprivoisée à coups de bonbons surets et de jouets Fisher Price. Je suis vendue au plus offrant. Le premier inconnu qui m'offre des bonbons, j'embarque dans son auto sans me poser de questions. C'est ainsi, c'est comme ça. J'ai mon profit à cœur, faut croire.

Ma grand-mère est assise dans l'obscurité et le silence de son salon, c'est ce que je pensais. Elle est assise près de la fenêtre. Ses jambes sont ramenées l'une sur l'autre. Elle est appuyée contre le bras de son divan brun rugueux. Ses yeux sont humides. Elle a pleuré. Sûrement des larmes de crocodile avec lesquelles on pourrait faire une valise. On ne dirait jamais qu'elle pleure pour de vrai, ma grand-mère. On dirait toujours qu'elle fait semblant, comme si elle fixait un point brillant quelque part sur le plancher jusqu'à ce que ses yeux se mettent à lui piquer ou encore comme si elle se foutait du savon dans les yeux ou bien comme si elle respirait des oignons en cachette. Moi, c'est le genre de truc que je fais quand je veux des bébelles. Mais ma grand-mère, si elle fait ça, ce n'est pas pour avoir une bébelle, mais pour qu'on se sente coupable. Pour que la culpabilité nous ronge des orteils aux racines des cheveux, pour que la culpabilité nous gruge jusqu'à l'os et qu'on dépende d'elle, câlice.

— Mémé, tu veux me raconter une histoire?
— Bon. T'es pas capable de dormir?
— Non.
— O.K. Viens, on va aller dans la chambre.

Une fois dans la chambre, toutes les deux couchées

dans son lit, enroulées dans son couvre-lit jaune pipi, ma grand-mère me lit mon histoire préférée : *Cendrillon*.

— Il était une fois, une belle petite fille blonde qui vivait avec son père et…

Les mots semblent tombés du ciel comme une pluie brillante. Tout devient magique. Tout devient féerique. Dès la première phrase, l'identification est complète, je suis Cendrillon. La Belle Cendrillon de Disney qui se fait chier par sa famille, mais qui un jour va faire un come-back démentiel. Moi aussi un jour je ferai un come-back démentiel, et tous ceux qui m'ont fait chier paieront.

— Sa belle-mère et ses deux vilaines sœurs ne l'aimaient pas et riaient souvent d'elle…
— Tu vois, Mémé, des fois t'es méchante comme ça.
— Ben voyons donc, je ris pas de toi.
— Non, mais tu me fais pleurer.
— C'est parce que je pense à ton bien si je suis méchante comme ça. Mais en fait, je ne suis pas si méchante que ça. Il y a des enfants qui se font maltraiter. On ne leur donne pas à manger. On ne les habille pas. On les attache et on les brûle avec des cigarettes. Ça c'est quand on ne s'amuse pas avec eux.
— S'amuser avec eux ? C'est le fun, s'amuser avec quelqu'un ?
— Pas s'amuser avec des bébelles, s'amuser avec quelqu'un. Tu sais toucher quelqu'un partout, même où c'est pas supposé.

— C'est où que c'est pas supposé?

— Dans les fesses!

Là, ma grand-mère commence son baratin. Elle me tartine, elle me cuisine, si elle pouvait me faire cuire, elle le ferait. *Viens ici, mon petit poulet. Viens ici bien au chaud!* Elle me mettrait un gros oignon dans la bouche et me ferait cuire à 350 degrés Celsius pendant deux heures et demie, le temps que je sois attendrie par tout ce qu'elle me dit. Ma grand-mère veut me faire dire des choses, elle veut que j'avoue des choses qu'elle a inventées. Elle veut que je raconte des mensonges; des mensonges qui vont la rendre heureuse et la faire sourire. Des énormités qui vont lui embellir la vie, qui vont lui faire croire qu'elle n'est pas seule dans sa croisade contre tous les amoureux de ma mère. Ma grand-mère veut me faire dire des choses que je ne veux pas dire, que je ne peux pas dire.

J'essaie de changer de conversation en lui disant tout ce qui me passe par la tête. *Heille, Mémé! J'ai faim! Heille, Mémé! Ça me pique partout, Mémé! Il y a un fantôme dans le passage!* Mais elle revient à la charge en s'accrochant après mes mots comme une journaliste en plein milieu d'une entrevue qui veut faire cracher le morceau. Elle veut poursuivre jusqu'à ce que j'avoue son invention à elle.

— Est-ce qu'il t'a déjà grattée, le nouveau chum de ta mère?

— Bien oui, il m'a déjà grattée!

— Hon oui, comment?

— Bien comme ça, avec les doigts.

— Oh oui, et où ça?

— Dans le dos pis sur la tête aussi.

— T'a-t-il déjà grattée ailleurs ?

— Je ne me rappelle pas.

— Ou plutôt tu ne veux pas me le dire.

— T'es tannante ! Je viens de te le dire, il m'a déjà grattée dans le dos et sur la tête. Je ne raconte pas de mensonges, moi.

Elle continue. Elle s'acharne. Je n'ai pas envie de dire du mal du chum de ma mère. Je le trouve plutôt gentil, moi, le chum de ma mère. Il me gâte, m'achète plein de bébelles. Il nous emmène souvent manger au restaurant chinois. J'aime ça, moi, aller manger au restaurant chinois. Ce n'est pas ma grand-mère qui m'y emmènerait. Elle est convaincue que les Chinois font cuire des rats, des chats et des pigeons, et qu'ils injectent dans leurs egg rolls des bactéries qui nous rendent malades. Elle pense dur comme fer que les Chinois nous massacrent l'estomac, et que c'est ainsi qu'ils vont prendre le contrôle de la terre. C'est ce qu'elle croit.

Le chum de ma mère me promène en auto et ça, ça compte plus que tout. J'en ai besoin. J'ai besoin qu'on se promène en auto : ma mère et lui assis devant, et moi toute seule sur la banquette arrière, couchée, à regarder les lumières des réverbères et à espérer voir passer une soucoupe volante dans le ciel. Ce n'est pas ma grand-mère qui me promènerait en auto, elle n'en a pas. Elle est trop pauvre. Son mari ne lui a rien laissé quand il est mort. Il ne lui a laissé que des remords et une envie increvable de le tuer. La première chose que ma grand-mère a dite quand mon grand-père est mort, ç'a été : *Bon débarras!* Puis elle a jeté tout ce qui lui appartenait, détruit tous les meubles qu'ils avaient accumulés au cours des années. Elle a déchiré aussi toutes les photos sur lesquelles il apparaissait. Et quand il était photographié avec moi ou avec ma mère, elle le découpait, jetait la partie où il apparaissait. Si bien que, maintenant, nos photos sont presque toutes découpées en petits morceaux et se résument aux visages de moi et de ma mère. Notre album de photos fait dur en titi!

Une heure, deux heures, trois heures à me faire baratiner, je deviens molle comme du beurre et je finis par lui dire ce qu'elle veut entendre.

— Oui, il m'a touchée. Il m'a mis des moumoutes dans les fesses!

Là, elle est contente. Là, elle sourit à belles dents. Là, ça y est, elle pense qu'elle va avoir le contrôle sur le futur de ma mère. Elle pense ainsi garder ma mère près d'elle, à portée de la main, toute sa vie, pour assurer ses vieux jours. Moi, je la regarde être heureuse et ça me fait tout drôle. Elle a l'air d'une petite fille le matin de Noël qui a reçu la poupée de ses rêves. Mais moi, j'ai l'air de quoi dans tout ça? Je ne sais pas. Je ne sais pas non plus pourquoi j'ai dit ça, des moumoutes dans les fesses! Je ne sais même pas ce que c'est! Enfin, si. Au moment où j'ai ouvert la bouche pour parler, je pensais à une annonce de ouates. Et voilà, le mot est sorti : moumoute! ouate! moumoute! ouate! De la création pure en temps de guerre. J'ai l'air d'une belle moumoute en ce moment.

— Mémé, il ne faut pas que tu dises ce que je viens de te dire.

— Ben oui, voyons! C'est pour ton bien et le bien de ta mère. C'est un vilain, cet homme-là. Si on ne l'arrête pas, il va vous enlever, toi et ta mère, vous emmener très loin pour vous violer et vous tuer. Et personne ne va vous retrouver, puisqu'il va vous laisser dans un champ, la nuit, sans lumière. Il faut l'arrêter! Il faut l'arrêter!

Ma grand-mère regarde dans le vide et acquiesce de la tête à son plan de cinglée. Ses lèvres remuent. Elle se parle à elle-même présentement. Elle a l'air folle. Il faudrait l'enfermer, comme on fait avec ma mère. Les fous, il faut les enfermer. Sinon, ils contaminent les autres. La folie est contagieuse, je le sais. Ma grand-mère est en liberté, mais c'est moi qui suis conditionnée. Et ma condition, en ce moment, n'est pas définie. D'ailleurs, je ne compte plus. Mémé s'est désintéressée de son petit singe. J'ai dit ce qu'elle voulait entendre. Là, je peux bien m'étouffer avec ma culpabilité, elle n'en a rien à cirer. Je ne l'intéresse plus. Je ne suis pas à la hauteur de ses plans.

Tantôt, quand ils reviendront du centre Roland-Robitaille, ma mère et son chum, ma grand-mère tentera, à l'aide de mes mots, de poignarder le couple qu'ils forment. Ça criera, ça pleurera, ça garrochera des choses. J'aurai si peur que, dans ma nervosité, je parviendrai à déplacer la grosse commode qui pèse deux mille livres dans la chambre de ma grand-mère pour me cacher derrière. Ma grand-mère lancera toute la vaisselle de l'armoire. Ma mère se mettra en petite boule et pleurera, par terre, dans le coin gauche de la cuisine, près de la porte. Mon futur beau-père, lui, gueulera un bon coup, puis s'en ira en claquant la porte. La vitre de la porte se fracassera. Le vent glacé de l'hiver pénétrera dans la maison et fera voltiger dans les airs les rideaux et les papiers qui n'ont pas été rangés. Sous la grosse ampoule jaune et tellement vive qu'elle écorche les yeux, l'appartement aura l'air d'une maison abandonnée qui rend fous tous les voyageurs qui s'y réfugient.

Cette nuit-là, je passerai une nuit blanche avec ma mère. La seule fois de toute ma vie. Une nuit blanche. Une fois ma grand-mère calmée et retirée dans l'obscurité de son salon, je sortirai de ma cachette, de derrière la commode qui pèse deux mille livres, et j'irai rejoindre ma mère. Tout d'abord, je tirerai sur son bras gauche pour qu'elle me suive. Je lui dirai : *Môman ! Môman ! Viens avec moi derrière la commode, on va être en sécurité. Môman ! Viens ! Viens !* Elle me regardera et continuera de pleurer toutes les larmes de son corps, et mon Dieu qu'elle en a ! Ma mère pleure tout le temps, ça doit être ses antidépresseurs, ils doivent renforcer ses glandes lacrymales. Voyant qu'elle ne me suivra pas, je tirerai sur ses deux bras en même temps que je lui dirai : *Môman ! Viens derrière la commode ! On va être en sécurité ! Suis-moi ! Je t'en supplie… Môman…* Encore, elle ne bougera pas. Alors, je m'assoirai à côté d'elle et j'attendrai. J'attendrai, je ne sais pas quoi. Mais j'attendrai avec elle, en petite boule. Toutes les deux assises sur le plancher de la cuisine ; le plancher sali par les bottes d'hiver couvertes de boue.

Dans un an, ma mère se mariera quand même avec mon beau-père, les bouffes au resto et les promenades en auto auront raison de l'histoire des moumoutes, mais seulement pour quelques mois. L'accalmie ne sera que passagère. L'amnistie ne sera que mensongère. C'est de ma faute, j'ai vendu ma patrie à l'ennemi pour avoir la paix. Je suis une petite transfuge, une petite traîtresse, une belle petite Judas de cinq ans. Dorénavant, mes jeux n'auront plus de frontières et je serai en guerre contre l'humanité, mais surtout contre moi-même.

CHAPITRE 9

La Ronde

Pour Éric Villeneuve, qui souriait tout le temps et qui, le 24 avril 1998 (il y a trois jours), à vingt-sept ans… Anxiolytiques et sac en plastique sur la tête. Comme cette chanson de Peter Gabriel que tu m'avais transcrite, Éric. Oh! Here comes the flood… We will say goodbye to flesh and blood.

Ses yeux se ferment et s'ouvrent. Presque inconsciente, elle sait que je suis là, puisqu'elle tient ma main. Elle ne dit pas un mot. Je ne dis pas un mot, je n'en suis pas capable. J'ai oublié comment on fait pour parler. Je m'étrangle de l'intérieur. Je ne sais plus ouvrir la bouche. Je ne sais plus respirer. Je hoquette. À chaque respiration, ma gorge emporte avec elle des morceaux de mon œsophage. La gorge me brûle. Tout est à vif. Partout. Autant en moi qu'à l'extérieur : même les murs sont à vif. Il me semble que tout est rouge. Rouge, avec des éclairs qui ricochent partout où je regarde. Je vois la vie à travers un kaléidoscope comme quand j'avais onze ans. Il faut que je me lève et que j'appelle à l'urgence, mais elle ne veut pas et elle tient ma main solidement, je ne peux pas la retirer. Elle n'a jamais voulu aller à l'hôpital. Elle dit que les médecins sont pires que les nazis. Alors, je reste à côté d'elle, pas assise ni debout, quelque chose entre les deux. Pliée sur moi comme sous l'effet d'un gros mal de ventre. Je regarde sans regarder ce qui se passe. Mais qu'est-ce qui se passe au juste ? Ma grand-mère est là, couchée, devant moi : elle râle. Elle a de plus en plus de misère à respirer. Elle est si vieille. Quatre-vingt-dix-huit ans pour une mémé, c'est vieux. C'est trop vieux. Mais pourtant, elle est jeune. Elle est aussi jeune que moi. Il n'y a pas longtemps, elle jouait au badminton avec moi. Elle jouait et elle gagnait. Je la laissais gagner, car elle aimait ça et elle souriait toute la soirée. Elle me donnait des biscuits et elle souriait. Si je pouvais, Mémé, je te donnerais vingt ans de ma vie. Non, trente, quarante, cent ans de ma vie, je n'y tiens pas assez. J'ai toujours la lame pas loin des veines. La lame qui ouvrira mes veines dans le sens de la longueur pour être sûre de ne pas rater mon coup.

Elle râle. Elle tient ma main de plus en plus mollement. Je veux appeler à l'urgence ou faire le 911, mais elle ne veut pas et tient ma main.

— Mémé. Non. Je t'en supplie! Retiens-toi... un peu... encore quelques années... Môman... Mémé... Môman... Laisse-moi appeler à l'hôpital. Là-bas, ils vont te sauver...

Elle râle encore. Sa bouche est grande ouverte. C'est laid. Sa bouche fait peur. Sa bouche et son corps. Elle est si maigre. Elle est maigre comme Monsieur Burns dans *Les Simpson*. Depuis quelque temps, elle fond à vue d'œil. Ses graisses semblent en chute libre dans l'espace. Ma grand-mère s'enfuit de la terre par ses particules de graisse. Peut-être devrais-je l'enrouler de cellophane pour l'empêcher de partir, pour la retenir près de moi? Elle est ma seule famille. Le seul lien qui me retient véritablement à cette maudite planète, à cette maudite vie...

— Mémé... Je t'en supplie, retiens-toi... Fais-le pour moi. Je peux pas respirer quand t'es pas là, je peux pas faire ça toute seule. J'ai beaucoup trop peur. Je suis beaucoup trop petite pour que tu me quittes. Regarde ma main, c'est une main de bébé qui n'a encore jamais rien touché de mauvais... Regarde mes cheveux si fins, des cheveux de bébé qu'on doit laver avec du savon d'enfant. Je ne sais même pas marcher toute seule sans faire de gaffes, tu le sais...

Le cordon ombilical qui me retient à ma mère est sur le point d'être sectionné. Je manque d'air. Je ne pourrai pas survivre, je le sais trop. Je ne le pourrai pas. C'est que je ne suis pas encore sevrée. Le fœtus oublié sur un plancher sale a grandi trop vite. J'ai besoin de ma marchette, j'ai besoin de mon biberon, de ma suce, de mon placenta. J'ai besoin de régresser un peu.

— Mémé, va-t'en pas! J'ai trop besoin que tu me dises des niaiseries, que tu m'engueules, je ne sais pas… Rappelle-toi quand j'étais petite, on regardait les films qui passaient à Radio-Québec le samedi soir, des films de Fellini. À l'époque, je ne savais pas qui c'était, Fellini, et toi non plus. De toute façon, tu t'en es toujours foutue de savoir qui c'était, sauf que t'aimais les histoires. Je ne me sentais pas toute seule. Tu étais là, assise à côté de moi, sur le vieux divan à carreaux tout sale qui sentait le pipi de minou. Tes mains posées bien à plat sur tes cuisses, les doigts écartés qui bougeaient légèrement, un tic nerveux. Toi aussi, tu es nerveuse. Comme moi. Nerveuse. Le drame qui plane constamment au-dessus de ta tête. Cette culpabilité que tu as toujours si mal supportée. Tes deux enfants morts : un an et demi et six mois. Deux petites filles. C'est pour ça que tu m'étouffes et que tu as étouffé ma mère… Mémé, tu dois rester en vie. Fais-le pour moi.

Elle ne râle plus.

* * *

Dans la maison, un cœur bat. Le bruit est si fort que les murs tremblent, que le papier peint se décolle, que le plancher s'ouvre. Le flux du sang dans les veines trop dilatées circule pourtant, calmement. Ça respire. Sans trop d'efforts. Et le cœur bat toujours. Le mien. Un jour peut-être me réveillerai-je de ce cauchemar? Mais en attendant, il faut que je démêle mes nerfs, mes nerfs des siens. Il faut que je remette les nerfs à la petite fille blonde. Ça fait tellement longtemps qu'elle les attend. Toujours en train de me suivre. Ça ne devait pas être évident pour elle. Il faut que je sois compréhensive. Elle me regarde. Elle est si petite. Pourtant, elle a l'air tellement décidée. Quelque chose de ma grand-mère habite ses yeux. En fait, elle a les yeux de ma grand-mère avant qu'ils soient vieux et qu'ils ressemblent à des yeux de singe. Gris, des yeux de singe. Elle a des grands yeux. On m'a toujours dit que j'avais les yeux de ma grand-mère quand elle était jeune. De grands yeux. On m'a toujours dit que j'avais le tempérament de ma grand-mère. Et ses grands yeux. Je veux rendre les nerfs à la petite fille blonde, sauf que ma grand-mère morte tient trop solidement ma main pour que je puisse me libérer. Alors, je fais signe à la petite fille de revenir plus tard. Je les lui rendrai.

La main toujours prise dans celle de ma grand-mère, je me couche à côté d'elle et la regarde. Elle a un beau nez, je trouve. Un beau nez de Cléopâtre. D'ailleurs, on m'a souvent dit que j'avais le nez de Cléopâtre, donc j'avais le nez de ma grand-mère. Je lui ressemble. Je lui ressemblais puisqu'elle n'est plus.

Ma grand-mère est morte.

— Mémé, est-ce que je t'ai déjà raconté la plus belle mort que j'ai vue? Une mouette en avant de la maison. Son grand bec ouvert qui tentait d'atteindre ce dernier

141

souffle qui ne venait pas. La tête qui allait se poser sur une aile ouverte, puis sur l'autre. Les ailes gracieuses qui faisaient des mouvements de ballerine... gracieuse. Et les petits Vietnamiens autour d'elle, avec des bâtons, qui détruisaient la belle mort. Mémé, je t'en supplie... emmène-moi avec toi. Je m'en veux tellement. J'aurais dû faire quelque chose pour t'empêcher de mourir. J'aurais dû... Mémé... Tu n'as pas compris. J'ai toujours voulu être ton super héros. Regarde, Mémé, si tu retires ta main, je vais pouvoir te montrer... le costume est juste en dessous de ma robe. Le costume bleu du super héros avec la grande cape rouge... Tu vas voir, Mémé, je vais être ton super héros et je vais te sauver. Je vais te prendre dans mes bras et on va s'envoler ailleurs. Je vais te protéger de tous les crashs possibles, de toutes les fins du monde possibles. Mais laisse-moi donc une chance, Mémé...

*　*　*

Il fait clair. J'ai dormi. Longtemps. Je ne sais pas. Il fait clair. J'ouvre les yeux. Ça sent mauvais. C'est Mémé qui sent comme ça. Et je sens cela aussi. L'odeur de ma grand-mère s'est incrustée dans mes vêtements, dans ma peau, dans mes cheveux. Je me suis endormie tout contre elle. Chose que je n'avais pas faite depuis si longtemps, depuis que j'étais toute petite. Je sens la mort. Je sens la saucisse Hygrade rôtie dans la poêle, j'ai toujours trouvé que ça sentait la mort, les petites saucisses rôties dans la poêle. Alors, j'ai baptisé ça : les petites saucisses de mort. Ma grand-mère sent la petite saucisse de mort. Qu'est-ce que je vais devenir? Ma grand-mère était perpétuellement dans ma tête, elle était ma voix intérieure, avec ses yeux qui me regardaient tout le temps. Ça fait tellement longtemps que je suis unie à elle que j'ai désappris à penser, c'est pour cela que les pensées sont des toupies dans ma tête ; que j'ai désappris à aimer, c'est pour cela que l'amour s'enfuit entre mes jambes, entre mes cuisses ; que j'ai désappris à être. Être. Qu'est-ce que je vais devenir? J'ai été élevée par des ruines. J'ai toujours su que j'étais pauvre, même la nature m'était interdite. Tout comme il m'était interdit de m'oublier. M'oublier. Ça fait des siècles que j'ai perdu ma légèreté, je suis habitée par des kilolitres de tristesse qui coulent aussi entre mes jambes. Je m'enfuis par mon vagin. C'est pour cela que je suis excitée à rien.

Je regarde dehors. Il pleut. J'avale la fenêtre qui pleure. Je vais partir. Ma grand-mère tient solidement ma main. D'un coup sec, je réussis à me déprendre. Ça a craqué. Un bruit affreux. Comme quelqu'un qui a les genoux finis et qui s'accroupit.

— Excuse-moi, Mémé, je ne voulais pas te faire de mal. Je n'ai jamais voulu te faire de mal. Là, il faut que je parte. Il faut que je te quitte pour mieux te retrouver. Toi, tu as choisi de mourir ici. Moi, j'ai choisi d'aller mourir ailleurs. I'm sorry. On n'aura pas de mausolée familial. De toute façon, tu as toujours trouvé que je n'avais pas l'esprit de famille et que c'était une bonne chose. Tu étais fière de moi pour cela. Fière. J'y pense, au fait : tu ne m'as jamais dit que tu étais fière de moi. Non, tu l'as dit aux autres que tu étais fière de moi parce que je n'étais pas familiale, mais à moi directement, jamais. Tu ne m'as jamais fait de compliments, non plus… Si, c'est vrai, une fois, tu as dit que j'étais belle. Tu as dit que j'étais une belle femme. Ce fut la seule chose que tu m'aies dite : une belle femme. Mais tu as rajouté que je gâchais tout parce que j'étais belle. Ma beauté me perdait. Eh bien ! ma beauté a fini de me perdre, car je vais te la donner, ma beauté, Mémé, je vais te la donner. Ce n'est qu'une question de temps.

Je quitte la maison. Je marche mal dans la rue. Je marche comme une folle. Je ne sais si c'est parce que je marche comme une folle que tout le monde me regarde ou parce que j'ai les mêmes vêtements sur le dos depuis deux jours ; mes vêtements qui sentent la petite saucisse de mort. Mes vêtements fripés. Par chance, ça ne paraît pas trop qu'ils sont fripés, car je suis tout de noir vêtue. Depuis que j'ai cinq ans, je m'habille des pieds à la tête en noir, comme si j'étais en deuil. En fait, je le suis, en deuil, et je l'étais même avant que ma grand-mère meure. D'ailleurs, j'étais en deuil avant même de naître, car je n'avais déjà plus de famille. Plus rien. Ma mère m'a eue alors qu'elle était dans une bulle médicamenteuse. Ça a tout pris pour me faire pleurer : une claque, deux claques, trois claques. J'étais engourdie, moi aussi, dans une bulle médicamenteuse. Bébé dépendant. J'allais être addict aux patches de nicotine. J'allais devoir arrêter de fumer. Arrêter de courailler. Arrêter de boire. Arrêter. Passer ma vie à essayer de ne pas dépendre, à être en deuil. En deuil. Le noir m'habille et m'habite. Sur moi, le noir devient la pureté du mal. Le noir est beau, me rend belle. Un jour, un roi devait prendre une épouse. Deux épouses s'offraient à lui. Pour le meilleur et pour le pire. Une gentille et une méchante. Pour le meilleur et pour le pire. Il faut faire le bon choix. Une vie de roi, ça peut être long. Afin de faire un choix parfait, il demanda au peintre du palais, qui devait sûrement être un peintre français, qui crie tout le temps comme mon ex-chum, de faire un tableau de ses deux prétendantes. Deux tableaux à partir desquels il accomplirait le geste final, corde au cou attachée serré. Le peintre, comme tout bon artiste, sentait les gens. Or, il peignit la méchante entourée d'un amalgame de couleurs et peignit la gentille sur fond noir. Le visage de la méchante se perdit parmi toutes les couleurs, tandis que le visage de la gentille ressortit du tableau noir. Le roi choisit la gentille, et l'épousa.

J'ai toujours voulu être celle qu'on choisit, la gentille. J'ai toujours voulu être celle que l'on remarque, la séduisante, la belle de nuit. Je n'ai jamais voulu être la laissée-pour-compte. Mais là, c'est fini. Tantôt je vais mettre de la couleur sur mes vêtements noirs, de belles couleurs vivantes.

Je marche vite dans la rue. Curieusement, je ne titube plus. Je marche d'un pas ferme. Je ne sais pas où je vais, mais j'avance et je m'essouffle, c'est le principal. Le temps est gris et lourd comme du béton. Il fait chaud et humide. Je transpire à grosses gouttes. Habituellement, je trouve que je suis belle dans un pareil temps, mais là, je m'en fous. Je m'en fous, car je quitte ma beauté peu à peu. Je me prépare à faire un autre deuil. En fait, ça va plutôt être une offrande pour ma Mémé, et elle va être contente.

Les gens me foncent dessus. On dirait qu'ils ne me voient pas, que je suis transparente. À moins que ce ne soit moi qui leur fonce dessus? Je ne sais pas. La lumière est trop claire, elle semble me suivre partout comme si elle voulait me faire avouer quelque chose. Je ne marche plus, je cours. Je me sauve de la lumière. La violence de sa clarté me fait mal, brise ma peau. Je cours, je cours, j'entre dans une ruelle. Je m'enfonce dans les cartons qui traînent par terre. Il faut que je me protège de la clarté, sinon tout le monde lira en moi, tout le monde lira mes pensées, et ça, je ne le veux pas. Je ne veux pas que l'on me découvre. Je suis pleine de poison. J'ai tué ma mère. J'ai tué ma grand-mère. Je détruis tout ce que je touche. Je suis une rose avec des épines même sur les pétales.

Le soleil n'en finit plus de soleiller. Ses rayons sont comme des épées qui tentent de me transpercer. Il ne faut plus que je pense. Concentre-toi. Concentre-toi. Tiens, là-dessus. Un graffiti sur un mur. Il y a un graffiti sur un mur, là, devant moi, devant mes boîtes en carton. Il y a plein de couleurs : du rose, du rouge, du vert. Un graffiti. Concentre-toi. Un graffiti. Faut pas que je panique. Faut pas. Pourquoi est-ce que la petite fille blonde n'est pas là? Un graffiti. Elle m'aiderait. Un graffiti. Rose, rouge, avec du vert. La lumière est trop claire. Faut pas que je perde mes nerfs, sont pas à moi. À moi. Ferme les yeux. Un graffiti. Chut! chut!

— Allez-vous-en ! Allez-vous-en !

Des petits Vietnamiens tout autour de moi.

— Allez-vous-en ! Allez-vous-en !

Ils me dévisagent. Que s'est-il passé ? Je pense que je me suis évanouie. Ça fait combien d'heures que je suis ici ? Il fait noir. Je me rappelle la clarté qui essayait de me violer. Je me rappelle les gens qui marchaient sur moi. Je me rappelle la mort. Hé, je ne dois pas oublier mon dessein… Il me faut de l'argent.

— Allez-vous-en, vous autres ! Je ne suis pas une mouette en train de mourir, moi, vous ne m'aurez pas. Allez-vous-en ! Allez-vous-en !

Les Vietnamiens se dispersent et moi je sors de mon abri de fortune. Je sors de ma léthargie. Je ne dois plus me laisser aller. Plus de laisser-aller. J'ai une chose à réaliser.

— Antoine.
— Sissi, c'est toi, où es-tu ? Qu'est-ce qu'il y a ?
— Antoine…
— Sissi, qu'est-ce qu'il y a ?
— Antoine…
— Sissi, mais vas-tu me dire ce qu'il y a à la fin ?
— Ma grand-mère… ma grand-mère, ma mère… est morte.

— Oh! Sissi, attends-moi, j'arrive... Où es-tu?

— Antoine, j'espère étouffer. Étouffer! Il ne faut pas que tu viennes, je ne te veux pas de mal, tu m'as comprise. Je fais du mal à tout le monde. Donne-moi de l'argent, il faut que j'enterre ma grand-mère.

— Sissi, j'arrive...

— T'as rien compris! Je veux de l'argent! Je veux enterrer ma grand-mère, mais je ne veux pas te voir, je ne te veux pas de mal. Envoie-moi de l'argent, c'est tout! Dépose-le dans mon compte.

— Mais, Sissi... les banques sont fermées. Comment pourrais-je te dép...?

Je raccroche. Vite il faut que j'appelle quelqu'un d'autre. Je veux de l'argent, mais qui? Mais qui?

— Éric, c'est Sissi.

— Hé! Ça fait longtemps que je n'ai pas eu de tes nouvelles.

— Mouais.

— Qu'est-ce que tu deviens? Je me suis ennuyé de toi. Pourquoi tu as disparu comme ça? Pourquoi t'es partie comme ça? Pourquoi?

— Éric, ma grand-mère est morte. J'aurais besoin d'argent pour l'enterrer.

— Attends, je vais t'en passer.

— Éric, veux-tu m'aider? J'aurais besoin d'un endroit où dormir aussi. Peux-tu me payer l'hôtel pour ce soir?

— Bien sûr! Où puis-je te rejoindre?

— Devant l'hôtel Château de l'Argoat.

* * *

Et ça recommence. J'ai l'impression d'avoir vécu cela un million de fois. Je suis couchée sur un lit, dans une chambre d'hôtel. Mais là, je sais le numéro de la chambre : 13. J'ai insisté. C'est un chiffre de malheur, 13, et moi je suis malheureuse. Je sais aussi le nom de l'hôtel, Château de l'Argoat. Un château pour une princesse, Sissi. Un château en Espagne pour une Cendrillon déchue. Cendrillon a toujours été mon conte préféré. Je ne sais pas combien de fois je l'ai lu ou combien de fois ma Mémé me l'a lu : cent fois, deux cents fois, mille fois. J'ai toujours voulu être Cendrillon et qu'un prince charmant vienne me retirer de mon royaume tragique. Mais les princes… Antoine l'a été durant un certain temps, jusqu'à ce que je vienne tout détruire. Et Éric, un prince ? Non. Une grosse grenouille qui grouille dans le lit. Nu, gros, gluant.

Je m'étends sur le lit. Éric rampe vers moi pour se coucher sur mon corps. En fait, il se répand sur moi. Il est lourd. Je me sens comme les sorcières de Salem que l'on enterrait vivantes en dessous d'immenses roches. Allez, écrase-moi. Je veux étouffer. Je ferme les yeux. Il bouge, met ses mains partout, embrasse ma peau qui ne m'appartient presque plus. Il respire fort. Ma grand-mère râlait. Il respire et émet de drôles de sons d'animal en rut. C'est laid. Je préférais les râlements de ma grand-mère. Ses mains qui me fouillent toujours me déconcentrent. Ses mains et sa respiration. Je n'ai pas bu, pour une fois. J'ai oublié de boire, pour une fois. C'est dur la réalité. Ses doigts entrent dans tous les trous qu'ils trouvent. Ça glisse de partout. Je suis fatiguée. Je voudrais être encore couchée à côté de ma Mémé. D'ailleurs, je sens encore la mort. Et lui qui n'arrête pas de me renifler. L'odeur de la mort doit l'exciter.

Il me retourne. Il veut que je sois au-dessus de lui. Il veut que je m'assoie sur son gros ventre. Il veut me regarder. Il veut regarder mon petit corps qui est de plus en plus maigre. Mon petit corps qui a de moins en moins de forme. Il voudrait aussi que je le regarde. *Sissi, regarde-moi.* Mais j'en suis incapable. *Sissi, ouvre les yeux.* Je me force et je les ouvre. Je regarde partout dans la chambre, sauf lui. Tout est blanc. Les murs sont blancs, les draps sont blancs, les rideaux sont blancs. Absolument tout. Sauf lui. Éric tente d'entrer en moi, je ferme les cuisses. Je ne peux pas. Je ne peux plus.

— Éric, va-t'en.
— Mais… mais…
— Va-t'en, je t'en supplie. J'ai besoin de me retrouver toute seule… un moment. S'il te plaît !

Éric s'est levé et est parti sans rien dire. L'air d'un chien battu. La queue flasque entre les jambes. L'air du même gars qui m'a baisée dans ce même hôtel il y a de ça quelques années. Là, je suis couchée sur le lit de la chambre numéro 13 de l'hôtel Château de l'Argoat et je ne pleure pas. Mes yeux sont secs comme des feuilles d'automne semblables à celles qu'on voit dans les annonces de crème hydratante. Oui, tu avais raison, Mémé. Ma beauté me perd.

Je me lève. Je m'approche du miroir pour m'y regarder. Je vois mon visage comme derrière un voile. Je ne suis éclairée que par les reflets de la lune. Mes longs cheveux blonds tout ébouriffés tombent en désordre sur mes épaules, on dirait des rideaux, des rideaux qui encadrent mon visage triste. Il faut égayer ce visage triste. Je suis si jeune pour être triste. Trop jeune. Vingt-six ans. Mais c'est comme si j'en avais cent tellement ma vie est lourde à traîner.

Paf! Coup de poing dans le miroir! Le miroir est fracassé, en mille morceaux qui ne tombent pas. Je me regarde, mon visage apparaît maintenant comme dans un puzzle. J'enlève la partie de mon épaule gauche. Je vais égayer ce visage triste. J'appuie contre mes lèvres le morceau de miroir fracassé. Je me dessine une bouche rieuse. Une belle bouche rieuse. Le miroir comme une lame, j'étire les commissures des lèvres jusqu'au milieu des joues. D'abord la joue gauche, ensuite la droite. Je le fais avec application. Les deux côtés bien égaux. C'est important. J'aime la symétrie. Même quand j'étais petite, je dessinais avec beaucoup de symétrie. Ma mère me l'a déjà dit : *Tu passais des heures sur tes dessins. Tu étais bonne en dessin. Tu aurais pu devenir une grande dessinatrice.* Bien, tu vois, Môman, je suis toujours aussi bonne en dessin! Tu vois, je suis en train de me dessiner un beau visage de clown comme quand j'étais petite. Tu m'as déjà dit que je n'arrêtais pas de dessiner des clowns, de belles petites filles clowns, blondes comme moi. De belles petites filles clowns, avec de grandes bouches.

Le sang coule sur mon menton. Un petit torrent de liquide rouge se répand sur mes longs cheveux blonds. C'est beau cette couleur de viande. Je me regarde dans le miroir. La petite fille blonde aussi me regarde dans le miroir. Elle est là, derrière moi.

— Tu es revenue !

Elle ne me répond pas. Son regard m'indique qu'il manque quelque chose dans mon visage. Ma nouvelle image n'est pas tout à fait représentative de ce que je suis. On ne peut pas truquer les apparences. Je n'ai jamais eu un visage heureux, alors ma face de clown heureux sonne faux. J'appuie donc le morceau du miroir en dessous de mon œil gauche et trace une longue larme bien droite. Ensuite, je fais pareil en dessous de mon œil droit. Là… Là, c'est beau ! Là, c'est réussi ! Je suis un clown triste, mais qui sourit. La petite fille me regarde et sourit, elle aussi.

Il y a beaucoup trop de sang qui coule maintenant et ça m'agace. Je m'ébroue. Il y a du sang qui se répand partout dans la belle chambre blanche. Je trouve ça malheureux pour la femme de ménage. Elle va devoir frotter. Du sang, ça ne part pas facilement. Le rouge va virer au brun, puis au jaune. Je m'ébroue encore un peu. Ça me brûle de plus en plus fort. Il faut que je me rafraîchisse. Il faut que je prenne l'air. Il faut que j'affiche ma nouvelle beauté, ma nouvelle laideur. Je ne tiens plus en place. J'ai trop hâte de voir la réaction des gens quand ils vont me voir. Je suis tout énervée. Et merde ! Ça n'en finit plus de me brûler.

Mais où donc un clown triste peut-il bien aller? À la Ronde évidemment. Je veux aller à la Ronde. Ma place est à la foire avec les bêtes et les monstres de cirque. Je suis dorénavant un monstre, moi aussi. Un beau petit monstre maigre et docile qui pleure et qui rit en même temps. Visage à deux faces.

Je sors de l'hôtel et je marche rue Sherbrooke. Il n'y a pas beaucoup de monde dans ce coin-là à cette heure. Les gens doivent s'affairer à faire l'amour ou la guerre. Dommage! Je ne saurai pas quel effet je fais. Je marche. Les lumières des réverbères scintillent si fort, on dirait des projecteurs. J'ai l'air de faire un spectacle, j'ai l'air d'être une Big Rock Star. Je tourne rue Amherst. Je veux voir des gens, mais les seuls que je rencontre sont des espèces de robineux à la mine déconfite. Ils ont l'air plus ravagés que moi. Cependant, les junkies n'osent pas me quémander de l'argent. Je pense qu'ils comprennent, du fond de leur nuage globuleux, l'histoire inscrite sur ma figure. Je continue mon chemin : un pas, deux pas, trois pas. Ça me brûle. Je suis étourdie, mais j'avance quand même. Je ne suis pas seule, la petite fille blonde m'accompagne. Elle sourit. Elle a l'air excitée. Elle a hâte d'arriver à la Ronde. Moi aussi, quand j'étais petite, j'avais hâte d'arriver à la Ronde. J'avais hâte d'embarquer dans les manèges, de faire des tours de montagnes russes et de grande roue. Mon beau-père tentait tout le temps de gagner des toutous pour moi, mais surtout pour sa fierté. Il pouvait gaspiller une partie de sa paye sous les yeux ahuris de ma mère pour gagner un affreux ourson en peluche qui allait finir dans le hangar poussiéreux et humide.

Rendue à la rue Papineau, je vois le pont Jacques-Cartier. Il semble crouler sous le poids des étoiles. Elles sont super brillantes ce soir. Ma grand-mère doit être là. Elle aussi, elle doit briller en ce moment. Elle doit être heureuse puisque ma beauté ne peut plus me perdre. Elle doit être fière de moi, si elle me voit, car sa vue n'a jamais été bonne.

C'est une belle nuit d'été. Une très belle nuit d'été. Ma grand-mère doit se sentir bien au ciel. Ça doit être frais là-haut. Je marche sur les trottoirs du pont. Plus j'avance, moins l'air est vicié, plus il vente. Ça fait du bien à mes plaies. La petite fille est toujours là, à côté de moi, et me sourit. On se tient toutes les deux par la main sur le pont et on avance avec entrain. Je ne me sens pas seule, c'est bien. C'est très bien. La moitié du pont franchie, je vois les lumières de la Ronde. La plupart éteintes. La Ronde ferme. Oh non! Ça va mal! Moi qui voulais aller dans la grande roue pour toucher les étoiles, je ne le pourrai pas. C'est un échec, et ça, je ne peux plus le supporter. Tout va toujours de travers. Je n'ai aucune maîtrise de ma vie ni des événements. Je suis écœurée. Il faut que je touche les étoiles. Il faut que ma grand-mère voie mon nouveau visage de plus près. Sa vue n'est pas bonne. Je ne peux pas essuyer un autre échec. Peut-être qu'en me jetant dans l'eau du fleuve j'atteindrai les étoiles, et ma grand-mère pourra me voir. Le choc de mon corps en chute libre sur l'eau sera dur. Mais ce n'est pas grave, car plus j'ai mal, plus j'ai l'impression d'être près des étoiles. Allez, c'est le moment. Je dois faire vite. Des automobilistes commencent à s'arrêter pour voir ce qui se passe. Allez, un élan dans les airs et je toucherai les étoiles. Un élan dans les airs et je rejoindrai ma grand-mère.

Épilogue

Les cicatrices ne paraissent presque plus. L'histoire dans mon visage s'efface. Au son de la petite clochette, veuillez tourner la page. Le livre est fermé. Cendrillon reste fragile comme son soulier de verre. Très fragile. On a retiré tous les miroirs de son palais, tous les couteaux des tiroirs aussi, au cas où. Il faut se méfier des princesses, ce ne sont que des dessins animés. Un moment, elles meurent, puis la scène d'après, elles retrouvent la vie, se marient et ont beaucoup d'enfants. Je ne pense pas que j'en aurai, des enfants, pour l'instant du moins. C'est ce que mon psy tout affalé dans son fauteuil m'a conseillé. C'est ce qu'elle a dit, car c'est une elle, c'est une jeune femme. Une belle fée-marraine qui s'habille chez Jacob et chez Gap. Elle a de grands yeux de dessins animés japonais et une voix blanche qui pose sa main sur mon crâne à fleur de peau. Une belle voix douce comme un chant d'étoiles. Parce que les étoiles chantent. Je le sais. Je les ai entendues un certain soir d'été…

Les princes aussi, ça existe. Sauf qu'ils ne viennent pas nécessairement sur un beau cheval blanc volant, mais en autobus Voyageur, comme l'ange sexuel aux ailes cassées que j'ai rencontré après ma sortie de l'hôpital. Ils n'ont pas non plus de vêtements brillants insalissables. Non. Ils peuvent porter des chandails de Pantera et oublier de se laver, mais ça n'enlève pas pour autant le charme. Et les yeux fermés, couchée nue dans un lit avec un prince, on ne fait plus la différence.

Montréal, 29 décembre 1998

Table des matières

CRÉDITS ET REMERCIEMENTS

Les Éditions du Boréal reconnaissent l'aide financière du gouvernement du Canada
par l'entremise du Fonds du livre du Canada (FLC) pour leurs activités d'édition
et remercient le Conseil des Arts du Canada pour son soutien financier.

Les Éditions du Boréal sont inscrites au Programme d'aide aux entreprises du livre
et de l'édition spécialisée de la SODEC et bénéficient du Programme de crédit d'impôt
pour l'édition de livres du gouvernement du Québec.

Illustration de la couverture : Brigitte Henry.

Dans la collection « Boréal compact »

MISE EN PAGES ET TYPOGRAPHIE :
LES ÉDITIONS DU BORÉAL

CE DOUZIÈME TIRAGE A ÉTÉ ACHEVÉ D'IMPRIMER EN AOÛT 2011
SUR LES PRESSES DE MARQUIS IMPRIMEUR
À CAP-SAINT-IGNACE (QUÉBEC).